EDITION

Amei-Angelika Müller

Mit Humor geht alles besser

Ein heiterer Ratgeber

Mit Illustrationen
von Wilhelm Busch

Quell

EDITION JOHANNES KUHN BAND 33

ISBN 3-7918-1833-3

1. Auflage 1995
2. Auflage 1996
Umschlaggestaltung: Klaus Dempel, Stuttgart,
unter Verwendung eines Motivs von Wilhelm Busch
Gesamtherstellung: Maisch & Queck, Gerlingen

Inhalt

Wenn andre klüger sind als wir,
Das macht uns selten nur Pläsier,
Doch die Gewißheit, daß sie dümmer,
Erfreut fast immer.

Wilhelm Busch

Widmung für ein Kochbuch

Es wird behauptet, und mit Grund,
Ein nützlich Werkzeug sei der Mund. –
Zum ersten: Läßt das Ding sich dehnen,
Wie Guttapercha*, um zu gähnen.
  Ach Grete! Wenn du dieses mußt,
  Tu es im stillen, doch mit Lust.
Zum zweiten: Wenn es grad vonnöten,
Kann man ihn spitzen, um zu flöten.
  Sitzt dann der Schatz auch mal allein,
  Dies wird ihm Unterhaltung sein.
Zum dritten: Läßt der Mund sich brauchen,
Wenn's irgend passend, um zu rauchen.
  Dies kannst du deinem guten Gatten,
  Der darum bittet, wohl gestatten.
Zum vierten: Ist es kein Verbrechen,
Den Mund zu öffnen, um zu sprechen.
  Vermeide nur Gemütserregung;
  Sprich lieber sanft mit Überlegung.
  Denn mancher hat sich schon beklagt:
  Ach, hätt' ich das doch nicht gesagt!

* Guttapercha = naturgummiartiges Produkt

Zum fünften: Wie wir alle wissen,
So eignet sich der Mund zum Küssen.
Sei's offen oder sei's verhohlen,
Gegeben oder nur gestohlen,
Ausdrücklich oder nebenher,
Bei Scheiden oder Wiederkehr,
Im Frieden und nach Kriegeszeiten,
Ein Kuß hat seine guten Seiten.
Zum Schluß jedoch nicht zu vergessen:
Hauptsächlich dient der Mund zum Essen.
Gar lieblich dringen aus der Küche
Bis in das Herz die Wohlgerüche.
Hier kann die Zunge fein und scharf
Sich nützlich machen, und sie darf.
Hier durch Gebrätel und Gebrittel
Bereitet man die Zaubermittel

In Töpfen, Pfannen oder Kesseln,
Um ewig den Gemahl zu fesseln;
Von hier aus herrscht mit schlauem Sinn
Die Haus- und Herzenskönigin. –

Liebs Gretchen! Halt dich wohlgemut!
Regiere mild und koche gut!

Wilhelm Busch, November 1883

Kartoffelpuffer im kleinen Kreise

Am Freitagabend ruft Mathias an.

»Wir sind morgen vormittag in der Stadt, Katharina und ich«, vermeldet er. »Wir müssen einkaufen. Wie ist es, wollt ihr uns vielleicht zum Mittagessen einladen?«

»Aber Mathias!« ruft Katharina aus dem Hintergrund. »Du kannst sie doch nicht einfach so überfahren!«

»Nein wirklich, wir freuen uns, wenn ihr kommt! Was soll ich denn kochen, Mathias?«

»Kartoffelpuffer!« Es kommt wie aus der Pistole geschossen. »Weißt du, Mutti, bei uns können wir keine machen, weil sie ja so fürchterlich stinken.«

»Aber Mathias!« ruft Katharina dazwischen. »Jetzt sei doch nicht so egoistisch!«

»Frag mal deine Katharina, ob sie auch gern Kartoffelpuffer ißt!«

»Da brauche ich nicht zu fragen, auf dem Weihnachtsmarkt essen wir immer welche.«

»Aber Mathias!« ruft wieder Katharina. »Du kannst das deiner Mutter doch nicht zumuten! Sie machen eine Menge Arbeit.«

»Mit der Maschine geht es!« versichere ich. »Also, ihr seid herzlich eingeladen. Aber Mathias, du weißt hoffentlich noch, Kartoffelpuffer essen wir in der Küche, direkt aus der Pfanne. Da schmecken sie am besten.«
»Ja!« Man hört direkt, wie ihm das Wasser im Munde zusammenläuft.
»Ja, das weiß ich noch. Und wie schön knusprig sie sind! Und wie einem die Augen tränen vor lauter Rauch, wenn du sie anbrennen läßt! Also, vielen Dank, Mutti, für die Einladung! Wir nehmen sie gerne an. Du machst doch einen grünen Salat dazu? Rapunzel würde ich vorschlagen. Aber wasch' ihn gut, damit einem der Sand nicht zwischen den Zähnen knirscht. Käthchen, magst du Apfelbrei? Nein, Katharina mag keinen!«
»Mathias hat angerufen«, so berichte ich Manfred, als er vom Konfirmandenunterricht nach Hause zurückkehrt. »Sie kommen morgen zum Mittagessen.«
»Schön!« sagt er. »Was wirst du denn kochen?«
»Sie wünschen sich Kartoffelpuffer.«
Auf seinem Gesicht breitet sich Glückseligkeit aus, was sonst nach dem Konfirmandenunterricht nicht der Fall ist.
»Kartoffelpuffer – na, das ist aber eine Freude! Auf diese Weise kriege ich auch mal wieder wel-

che. Du sagst ja immer, für zwei lohnt es sich nicht. Deine Kartoffelpuffer sind wunderbar!«
Eine halbe Stunde später ruft Mathias wieder an.
»Du Mutti, Bettina ist grad da. Du weißt doch, Katharinas Freundin. Denk dir, sie will morgen auch einkaufen. Gell, es macht dir doch nichts aus, wenn wir sie mitbringen? Ob du nun für vier oder fünf Kartoffelpuffer machst, ist gehupft wie gesprungen, oder wie?«
»Ja also, da hast du recht. Bettina kann ruhig mitkommen. Bloß, Mathias, du weißt, daß wir Kartoffelpuffer in der Küche...«
»Da freut sie sich ja besonders drauf! Sie sagt, in der Küche fände sie's urig. Möglicherweise kommt auch noch Klaus-Dieter. Sie will sich nämlich mit ihm in der Stadt treffen. Sie sagt, Kartoffelpuffer wären sein Leibgericht. Du Mutti, er mag vielleicht lieber Apfelbrei als Salat. Ganz genau weiß man es ja nie. Ich würde einfach ein Schüsselchen Apfelbrei dazustellen, oder macht es dir was aus? Wir kämen dann so um eins. Ist eins richtig, Käthchen?«
»Ja, eins ist richtig! Aber hoffentlich wird es ihr nicht zuviel!«
»Wird es dir zuviel, Mutti? Sag's ehrlich.«
»Nein, bestimmt nicht, Mathias. Ihr kommt dann also zu viert, bloß wird es dann ein bißchen eng in der Küche.«

»Das ist ja grad gemütlich. Also, dann bis morgen!«
Wenig später klingelt das Telefon schon wieder.
»Geh du ran«, sage ich zu Manfred, »und wenn's möglich ist, sollen Mathias und Katharina nicht noch die Freunde von Bettina und Klaus-Dieter mitbringen!«
Manfred geht und kommt nach kurzer Zeit wieder.
»Es war Andreas«, so vermeldet er. »Er war ein bißchen deprimiert. Ich habe ihm erzählt, weißt du, so zur Aufmunterung, daß morgen Mathias und Katharina zum Mittagessen kommen und daß du Kartoffelpuffer machst...«
Manfred legt eine Pause ein und zieht sich vorsichtig zur Tür zurück. »Er sagt, die Kartoffelpuffer in Saarbrücken wären einfach ungenießbar. Er denkt, daß er bis um ein Uhr da sein könnte. Mehr als drei Stunden braucht er ja nicht auf der Autobahn...«
Noch ein Telefongespräch gleich hinterher. Ich bin bereits im Keller und zähle Kartoffeln. Manfred kommt mir auf der Treppe entgegen.
»Du, er bringt seinen Freund Jürgen mit. Der hätte noch nie in seinem ganzen Leben Kartoffelpuffer gegessen. Stell dir das bloß vor! Und seine Schwester Heidrun auch nicht. Ich glaube, Andreas ist ein bißchen verliebt in diese

Heidrun. Er meint, ob du nun für sechs oder acht Leute... Aber wenn es dir was ausmacht, sollst du bitte gleich zurückrufen.«
»Weiß er denn noch, daß wir Kartoffelpuffer immer in der Küche...«
»Da hab' ich ihn gleich dran erinnert, aber er hat nur gelacht und gesagt, sein Freund Jürgen würde das besonders schätzen, und die Heidrun wäre eine, die sich überall wohlfühlt.«
In dieser Nacht kann ich nicht einschlafen. Ich bin zu der Überzeugung gelangt, daß die Kartoffeln im Keller nicht reichen werden.
»Manfred!« Ich schüttle ihn, denn er schläft bereits. »Kannst du noch Kartoffeln kaufen?«
»Was? Wie?« Er fährt hoch.
»Ob du noch Kartoffeln kaufen kannst und Salat und Äpfel und Öl...«
»Jetzt?!«
»Nein, natürlich nicht! Aber morgen. Und weck mich um sechs!«
»Um sechs? Ja, bist du noch zu retten?«
»Jemand muß die Kartoffeln doch schälen!« schluchze ich. »Und den Eßzimmertisch müssen wir in die Küche tragen und noch eine große Pfanne kaufen...«
»Jetzt schlaf' erst mal, und morgen sehen wir weiter! Kartoffelpuffer sind problemlos. Du hast sie noch immer fertiggebracht. Oder?«

Ja, ich lege mich beruhigt zurück. Kartoffelpuffer gehören zu den wenigen Gerichten, die mir noch immer gelungen sind, allerdings nur für unsere kleine Familie, nicht für eine Volksversammlung von Freunden.

Schon früh am nächsten Tag mache ich mich an die Arbeit, und gerade das, so wird mir später klar, sollte man bei Kartoffelpuffern nicht tun. Warum? Weil sie schwarz werden. Erst kurz vor dem Backen dürfen die Kartoffeln gerieben werden. Jetzt weiß ich es! Also der Kartoffelteig ist so schwarz, schwärzer geht's nicht. Um zwölf Uhr fange ich an zu backen. Drei Pfannen stehen auf dem Herd, und zum allerersten Mal in meinem Leben bleiben diese verflixten Puffer an den Pfannen hängen, und ich muß sie herausschaben. Dann kommen die Gäste. Kurz vorher verbrennt mir eine Pfanne Kartoffelpuffer. Ich sehe nur verschwommen, wer da alles anrückt und mit tränenden Augen zu Tische sitzt.

»Mann, sind die schwarz!« höre ich Andreas sagen. »Warum sind die denn so schwarz, Mutti? Sonst sind die nicht so schwarz, Heidrun!«

Mathias reißt das Fenster auf.

»Hier erstickt man ja!« keucht er.

Aber Katharina schließt das Fenster wieder.

»Entweder ersticken oder erfrieren!« sagt sie. »Ersticken ist gemütlicher!«
Da sitzen sie und essen, machen sich bekannt, lachen und putzen meine schwarzen Kartoffelpuffer von der Pfanne.
»Die müssen nämlich so schwarz sein!« spricht Katharina und schaut mit strengem Blick in die Runde. »Es sind die besten Kartoffelpuffer, die ich je gegessen habe!«
Ja, Jürgen kann das nur bestätigen. Zwar hat er noch nie Kartoffelpuffer gegessen, wenn er aber je wieder welche bekäme, dann könnten sie unmöglich besser sein als diese!
Katharina ist zufrieden und nickt ihm freundlich zu.
Als unsere Gäste Messer und Gabel beiseite legen und stöhnen: »Oh, sind wir satt!«, da ist auch der letzte Kartoffelpuffer verschwunden.
»Jetzt trinken wir noch Kaffee!« ruft Mathias. »Vati, machst du einen? Katharina hat Apfelkuchen gebacken. So was Gutes kriegt ihr nicht alle Tage!«
So sitzen wir denn bald im Wohnzimmer, betrachten uns und trinken Kaffee.
Jetzt weiß ich auch, wo der eine Kartoffelpuffer geblieben ist, der auf einmal aus der Pfanne verschwunden war. Er ist offenbar in der allgemeinen Hektik auf den Küchenboden gefallen,

und Andreas trägt ihn unter seinem Schuh im Wohnzimmer herum.
»Andreas, da ist noch ein Kartoffelpuffer!« rufe ich.
»Nein danke, Mutti.« erwidert er. »Jetzt bin ich wirklich satt! Jetzt kann ich keinen Kartoffelpuffer mehr sehen. Geht es dir gut, Heidrun?«
»Ja«, sagt sie, »ich fühle mich richtig wohl!«

Das Nilpferd pflückt sich oft gemütlich
Ein Blümchen ab. Das macht sich niedlich!

Wilhelm Busch

Ach, wie peinlich! oder: »Dreh dich mal unauffällig um!«

Wir sitzen in einem Restaurant, Katharina, Mathias, Manfred und ich. Die beiden Herren studieren die Weinkarte, Katharina und ich die Gäste im Lokal.

»Schau mal da rüber«, flüstert Katharina mir zu. »Die dicke Frau im roten Kleid. Und dieser Ausschnitt!«

»Wo?« frage ich und blicke interessiert in die Runde.

»Nicht, Mutti!« Mathias legt den Arm um meine Schulter.

»Nicht umdrehen, ganz still sitzenbleiben!«

Ich seufze. Nie wollen sie mich gucken lassen. Erst sagen sie das mit der dicken Frau im roten Kleid und dem Ausschnitt, und dann darf ich sie nicht einmal in Ruhe betrachten.

Katharina beugt sich zu mir herüber.

»Der Herr da hinten, der mit der scheußlichen karierten Jacke, der kommt mir irgendwie bekannt vor, den hab ich schon einmal gesehen...«

»Welcher Herr? Welche scheußliche Jacke?«

Ich drehe mich um, ich blicke suchend umher. Endlich habe ich ihn gefunden. »Ah ja, jetzt

hab' ich ihn. Ist es der, Katharina, der zu uns rüberguckt und jetzt gerade aufsteht?«
»Um Himmels willen«, zischt Katharina, »schau ihn doch nicht so durchbohrend an. »Gleich wird er hier auftauchen und fragen, was wir von ihm wollen.«
»Aber du hast doch gesagt, du kennst ihn!«
Katharina duckt sich tief über ihren Teller. Der Herr kommt und geht vorbei. Er hat offenbar ein anderes Ziel im Auge.
»Nein, weißt du, mit dir ist es wirklich peinlich«, flüstert Mathias. »Du mußt es unauffällig machen, Mutti!«
»Aber das tue ich doch dauernd! Ich drehe mich unauffällig um und werfe einen verstohlenen Blick in die Runde, so als ob ich die Bilder an der Wand betrachte.«
»Ach du lieber Himmel«, stöhnt Mathias, »einen verstohlenen Blick! Du hast ja keine Ahnung, wie du es machst. Soll ich es dir mal zeigen?«
»Ja bitte, tu' das!« sage ich.
»Also, ich nehme mal das blonde Mädchen dort drüben!«
»Warum gerade die?« fragt Katharina. »Die bildet sich sonst was ein! Die denkt vielleicht, du bist von ihr ganz hingerissen. Nimm den Herrn neben ihr, den dicken mit der Glatze!«

Zu spät. Mathias hört nichts mehr. Er ist bereits dabei, sich »unauffällig umzudrehen« und »verstohlene Blicke« nach Art seiner Mutter zu werfen: Erst dreht er den Kopf, dann den Oberkörper, dann wendet er sich zu uns zurück. So, als ob er fragen wolle, wen wir denn eigentlich meinten. Dann dreht er sich wieder um und starrt das blonde Mädchen an, so ungeniert, so großäugig, daß auch die anderen Gäste im Lokal ihr Besteck niederlegen, sich drehen und schauen, was es denn da zu sehen gibt.
Das blonde Mädchen ißt ruhig weiter, so als habe es gar nichts bemerkt. Dafür erhebt sich neben ihr der Herr mit der Glatze. Er geht nicht irgendwohin, wie wir inständig hoffen, nein, er baut sich vor Mathias auf.
»So!« dröhnt er. »Sie sind das also!«
Das blonde Mädchen stürzt herbei und faßt ihn am Arm.
»Mensch, Papa, was machst du denn? Das ist ja peinlich!«
Sie führt ihren Vater an den Tisch zurück.
»Siehst du, Mutti!« Mathias hat sich nach kurzem Schreck wieder gefaßt. »So machst du es! Verstehst du nun, daß es keinen Wert hat, wenn du dich unauffällig umdrehst und verstohlene Blicke auf jemanden wirfst? Du bringst uns in Teufels Küche und in tausend Peinlichkeiten!«

»Mathias, kennst du dieses Mädchen?« fragt Katharina.
»Nein, natürlich nicht!«
»Bist du da sicher?« Katharinas Augen sprühen. Es liegt was in der Luft. Manfred winkt dem Kellner und zahlt.
»Laßt uns gehen«, sagt er dann, »und bitte ganz unauffällig!«
Katharina schreitet voran, hocherhobenen Hauptes. Mathias folgt, den Blick starr nach vorne gerichtet. Die Peinlichkeit dringt ihm aus allen Poren. Wir Eltern bilden die Nachhut.
»Ich mußte es ihr so deutlich demonstrieren«, sagt Mathias draußen zu seiner Frau, »damit sie endlich einmal merkt, wie peinlich es ist...«
»Sehr peinlich!« bestätigt Katharina. »Aber wenn du dich noch einmal nach so einer umdrehst, egal ob auffällig oder unauffällig, dann wird es für dich noch viel peinlicher werden...«

Leider

So ist's in alter Zeit gewesen,
So ist es, fürcht ich, auch noch heut.
Wer nicht besonders auserlesen,
Dem macht die Tugend Schwierigkeit.

Aufsteigend mußt du dich bemühen,
Doch ohne Mühe sinkest du.
Der liebe Gott muß immer ziehen,
Dem Teufel fällt's von selber zu.

Wilhelm Busch

Strenges Fasten

Die Aktion »Sieben Wochen ohne« läuft an, und auch Manfred und ich beschließen, sieben Wochen zu fasten. Es wird uns gut tun an Leib und Seele, so sagen wir zueinander, aber was wollen wir uns denn versagen? Es muß ein Genuß sein, auf den wir nur ungern verzichten. Das Glas Wein am Abend bietet sich an, der Schluck Cognac am Nachmittag, überhaupt aller Alkohol. Gut, Manfred ist einverstanden, aber er will noch ein übriges tun. Er will auch auf Süßigkeiten verzichten. Also beschließen wir, sieben Wochen lang keinen Alkohol zu trinken und keine Süßigkeiten zu essen.
Eine Einschränkung müssen wir allerdings machen. Bei Einladungen wollen wir das Fasten brechen. Wir malen uns aus, wie schrecklich es doch für alle anderen Gäste sein muß und wie peinlich, wenn wir da sitzen mit heiligen Gesichtern und Sprudel trinken und sagen, daß wir fasten, und sie haben das Weinglas in der Hand und kommen sich vor wie die letzten Säufer. Nein, das können wir nicht tun! Das ist lieblos!

»Wir wollen im Geheimen fasten«, sagt Manfred, »im stillen Kämmerlein und nicht vor den Leuten. Aber Süßigkeiten will ich mir auf jeden Fall versagen. Ich glaube, das verletzt niemanden.«

Es ist nicht einfach, von liebgewordenen Gewohnheiten zu lassen. Wir müssen abends bei unserem Gläschen Sprudel ganz schrecklich gähnen. Wir finden das Fernsehprogramm noch langweiliger als sonst, und wir gehen früh ins Bett, weil wir den Eindruck haben, daß es uns nicht gut tut, so viel Sprudel zu trinken.

Schon nach einer Woche müssen wir das Fasten brechen, denn es ergibt sich, daß eine Einladung an Bruder Christoph fällig ist. »Wenn wir ihn jetzt nicht endlich einladen«, sage ich, »dann wird er sauer. Er denkt, wir hätten was gegen ihn. Und erst Julia! Sie wird meinen, es hätte uns das letzte Mal bei ihnen nicht gefallen!« Manfred eilt ans Telefon, um die Einladung auszusprechen.

Wir freuen uns immer, wenn die beiden kommen. Diesmal ist unsere Freude aber besonders groß.

»Es sind so liebe Menschen!« sage ich zu Manfred, und auch er ist der Meinung, daß es liebe Menschen sind, und fügt noch hinzu, daß es ihm wohltut, mit ihnen zusammenzusitzen.

Julia und Christoph kommen also und schnüffeln hocherfreut den Duft der Pizza, der das Haus durchweht.
Christoph wirft sich in einen Sessel, streckt die Füße von sich und ruft: »Her mit dem Sprudel!«
»Wieso Sprudel?« fragt Manfred.
»Ich denke, ihr fastet. Wir haben beschlossen, euch Beistand zu leisten und heute auf Alkohol zu verzichten, damit ihr nicht der Versuchung erliegt!«
»Kommt nicht in Frage!« sagt Manfred. »Zur Pizza gehört ein Valpolicella. Ihr sollt nicht darunter leiden, daß wir fasten! Euch zuliebe trinken wir ein Gläschen mit.«
»Ah ja!« Bruder Christoph bedenkt uns mit einem warmen Lächeln.
»Uns zuliebe! Wirklich, ihr seid rührende Menschen!«
Es wird ein schöner Abend. Nicht die geringste Müdigkeit überfällt uns. Wir sind richtig vergnügt, und auch die Pizza findet allgemeinen Beifall. Nach dem Essen stelle ich einen Teller mit Gebäck auf den Tisch. Auch Manfred greift zu.
»Ja, Manfred!« ruft Julia. »Was sagt man denn dazu? Du wolltest doch keine Süßigkeiten essen?«
»Das will ich auch nicht!« sagt Manfred. »Sieben Wochen lang esse ich keine Süßigkeiten!«

»Ja, aber wie... Du ißt doch gerade...«
»Kekse sind keine Süßigkeiten!« erklärt er.
»Jetzt möchte ich bloß wissen, was bei dir Süßigkeiten sind?« fragt Bruder Christoph.
»Das will ich dir gerne sagen, Christoph. Süßigkeiten sind solche mit Schokolade. Also Schokoladentafeln, zum Beispiel, und Ostereier und sowas...«
»Ah ja«, sagt Christoph, »das ist jetzt interessant. Ich wußte tatsächlich nicht, daß nur Süßigkeiten mit Schokolade richtige Süßigkeiten sind.«
»Für mich«, erklärt Manfred, »für mich ist es einfach so. Unter Süßigkeiten stelle ich mir eben etwas mit Schokolade vor. Verstehst du das?«
»Ja, natürlich verstehe ich das. Also Kuchen und dergleichen sind keine Süßigkeiten?«
»Nein, selbstverständlich nicht!«
»Sie dürfen nur keine Schokolade enthalten?«
»Da hast du recht. Schokolade darf keine drin sein.«
»Jetzt habe ich wieder etwas dazugelernt!« sagt Christoph. »Denk' dir, Manfred, ich dachte immer, eine Süßigkeit wäre das, was süß schmeckt, also etwas mit Zucker. Jetzt merke ich erst, daß es da Unterschiede gibt. Gut, daß ich es weiß! Zum Wohl!«
Er hebt das Glas. »Auf euer Fasten!«

Eine Woche später ist unser Gegenbesuch bei Julia und Christoph fällig. Julia ruft an und fragt, ob wir's so halten wollen wie letztes Mal oder ob wir uns zu strengeren Grundsätzen durchgerungen haben.

Nein, wir wollen es so halten, wie wir es beschlossen haben. Unter unserem Fasten soll niemand leiden. Wir tun es im stillen Kämmerlein.

Gut, Julia ist einverstanden. Sie wird, wenn's recht ist, Nasi Goreng machen und einen herben Weißwein dazu reichen. – Ja, das alles ist uns sehr recht. Wir freuen uns auf die Einladung. Manfred kauft einen Biedermeierstrauß für Julia, denn so etwas mag sie. Wohlgemut steigen wir ins Auto und versichern uns gegenseitig, daß es schön ist, liebe Verwandte in der Nähe zu haben. Das Nasi Goreng ist gegessen, der Weißwein getrunken. Wir sitzen im Wohnzimmer und sprechen über dieses und jenes.

Julia trägt einen Teller mit Gebäck herbei, Löffelbiskuits und Schokoladenwaffeln.

»Die Biskuits sind für dich, Manfred!« sagt Christoph. »Schokoladenwaffeln darfst du ja nicht essen, weil es doch Süßigkeiten sind.«

Nun ißt Manfred aber Schokoladenwaffeln für sein Leben gern, und da sitzt er nun in arger Bedrängnis, so denken wir, aber nein, er zögert keinen Augenblick und greift zu.

»Schokoladenwaffeln«, sagt er, »sind zum Glück keine Süßigkeiten, die kann ich mit gutem Gewissen essen!«
»Wie?!« ruft Bruder Christoph. »I think, I hear not right. Du hast doch gesagt, alles, was mit Schokolade zu tun hat, ist für dich eine Süßigkeit!«
»Ja, sollte ich das wirklich gesagt haben?« Echtes Staunen klingt aus Manfreds Stimme. »Das kann ich gar nicht glauben! Für mich sind Süßigkeiten nur solche, die kompakt aus Schokolade sind. Solch ein dünner Überzug! Du liebe Zeit, das ist doch keine Süßigkeit! Das ist bloß eine Waffel, ein Keks!«
»Wieder was Neues!« vermerkt Bruder Christoph. »Man lernt nie aus!«
Julia kommt mit einer Schachtel Pralinen daher. »Die habe ich heute geschenkt bekommen!« sagt sie.
Manfred fährt hoch. Seine Augen glänzen. Pralinen ißt er noch viel lieber als Schokoladenwaffeln.
«Das sind nun aber wirklich Süßigkeiten!« rufe ich, und Manfred sinkt zurück. Was soll er sagen? Wenn Pralinen keine Süßigkeiten sind, was sind dann welche?
»Also ich finde, es sind keine«, sagt Bruder Christoph und beißt in eine Praline hinein.

«Sonst stimmt ja deine ganze Theorie nicht. Da sieh! Marzipan und ein dünner Schokoladenüberzug!«

»Ja, meinst du«, Manfred wiegt zweifelnd den Kopf, »meinst du wirklich, daß es keine Süßigkeiten sind?«

»Aber da kannst du Gift drauf nehmen! Der Schokoladenüberzug ist ja noch dünner als bei den Waffeln…«

»Weißt du, Christoph, ich war mir nicht ganz sicher, aber wenn du meinst… Es kommt mir eigentlich ganz logisch vor!«

Er bricht eine Praline auseinander, betrachtet die gelbe Krokantfülle und spricht:

»Tatsächlich, es ist keine Süßigkeit! Ich hätte es nicht für möglich gehalten.«

Wie man einer Mäuseplage Herr wird

Katharina und Mathias kommen zum sonntäglichen Kaffee. Ich habe einen Barbarakuchen gebacken, und er ist auch einigermaßen gelungen, trotzdem kann er ihre düsteren Gesichter nicht aufhellen.

»Habt ihr etwa Streit?« fragt Manfred.

»Nein!« antworten sie in schöner Eintracht.

»Was habt ihr dann?«

»Mäus'!« sagt Mathias.

»Um alles in der Welt! Wie ist denn das möglich? Sind sie im Keller oder in der Küche?«

»Nein, natürlich nicht im Haus! Im Garten! Aber da können wir sie auch nicht leiden.«

»Sie fressen Mamas Glockenblumen!« klagt Katharina. »Sie haben keine Ehrfurcht! Du solltest mal sehen, wie sie die Blüten packen, ins Maul stopfen und verschlingen. Nein, das geht einfach zu weit! Mamas Glockenblumen dürfen sie nicht fressen. Die kommen aus der Schweiz und blühen dieses Jahr zum ersten Mal. Alles andere könnten sie ja fressen, wenn sie so furchtbar verhungert sind. Aber ich sage euch, sie sind unbelehrbar. Was machen wir bloß?«

»Wie wär's mit einer Mausefalle?« frage ich.
»Gar nichts!« antwortet Katharina. »Überhaupt nichts wäre es damit, denn eine Mausefalle haben wir schon. Jeden Tag sitzt eine Maus drin, aber langsam wird's uns zuviel. Wir haben schließlich noch etwas anderes zu tun, als uns um die Mäuse zu kümmern! Jeden Tag sind wir mindestens eine Stunde mit ihnen beschäftigt.«
»Eine Stunde? Wie ist das nur möglich, Katharina? Du nimmst die tote Maus aus der Falle und wirfst sie in den Mülleimer.«
»Was, die tote Maus?« schreit Katharina. »Ich höre wohl nicht recht! Wir töten keine Mäuse! Sie sind süß und gucken einen so traurig an mit ihren Knopfaugen. Aber es geht nun mal nicht, daß sie Mamas Glockenblumen fressen, und wenn sie keine Vernunft annehmen, dann müssen wir sie eben fangen!«
»Lebendig?«
»Ja natürlich! Was denkst denn du? Es ist eine mäusefreundliche Falle. Eine, in der sie sich nicht einmal wehtun. Die Tür geht einfach hinter ihnen zu. Dann könnten sie in aller Ruhe den Käse fressen, aber nein, was machen sie? Sie rütteln an den Stäben und rasen rum!«
»Daß sie nicht den Gefangenenchor aus Nabucco singen, ist das reine Wunder!« ergänzt Mathias.

»Den Gefangenenchor aus Nabucco können sie wohl nicht singen«, meine ich. »Er ist mehrstimmig, und ihr habt gesagt, es geht immer nur eine Maus in die Falle!«

»Gut«, sagt Katharina, »nicht den Gefangenenchor, aber piepsen tun sie, und das ist auch herzerweichend, kann ich dir versichern. Am Anfang haben wir sie immer gleich zurückgebracht, damit sie nicht so gestreßt werden, aber wir halten es nicht durch!«

»Ihr bringt sie weg? Wohin denn?«

»In den Wald natürlich. Mathias fährt sie mit dem Auto rüber. Aber sie lohnen es einem nicht! Sie ringen die Pfoten und reißen die Augen auf, als ob man ihnen Gott weiß was tun wollte. Dabei nehme ich die Falle ganz vorsichtig hoch und stelle sie auf den Rücksitz. Sie könnten wirklich zufrieden sein!«

Eine Woche später erklärt Katharina, daß es nun endgültig nicht mehr auszuhalten sei mit den Mäusen.

»Ganze Herden fallen ein!« klagt sie. »Wir kommen gar nicht hinterher mit Fahren!«

»Ja!« bestätigt Mathias düster. »Ich bin dauernd unterwegs. Kaum hab' ich zwei Fallen voll in den Wald gefahren, schon sitzen neue Mäuse in den Glockenblumen. Und das alles nach Feierabend. Es macht mich ganz fertig!«

»Weißt du, was ich glaube?« fragt Katharina. »Ich glaube, sie wollen einfach Autofahren. Sie sagen es herum: ›Da könnt ihr Autofahren. Es passiert euch nichts.‹ Ja, so wird es sein. Aber ab morgen ist Schluß! Da setzen wir sie einfach auf die Straße. Da können sie sehen, wie sie allein zurückfinden bei all den Ampeln. Die Glokkenblumen sind eh alle aufgefressen.«
Nach ein paar Tagen schauen die beiden wieder bei uns herein. Sie wirken gelöst und heiter. Die Mäuseplage scheint vorüber zu sein. Ich erkundige mich nach den Mäusen.
»Ach die!« sagt Katharina. »Die sind schon lange nicht mehr da!«
»Sind sie weggeblieben, von ganz allein?«
»Nein, natürlich nicht!« antwortet Mathias. «Aber Langemanns im Haus nebenan haben sich eine Katze angeschafft.«
Katharina schlägt die Hände vors Gesicht.
»Erinnere mich nicht daran, es war furchtbar! Aber seitdem sind sie weg!«
»Hat sie welche gefressen?«
»Totgebissen. Aber nur eine«, spricht Mathias mit Grabesstimme.
»Wir haben sie in den Glockenblumen beerdigt.«
Beide seufzen. Dann sagt Katharina:
»Sie haben es sich selber zuzuschreiben!«

Ein Irrtum, welcher sehr verbreitet
Und manchen Jüngling irreleitet,
Ist der, daß Liebe eine Sache,
Die immer viel Vergnügen mache...

Wilhelm Busch

Mitterands Socken

Katharina und Mathias haben uns zum Spargelessen eingeladen. Wir freuen uns schon den ganzen Tag darauf, denn Katharina ist eine vorzügliche Köchin.

»Sicher gibt es Kräuterflädle dazu«, sagt Manfred, und seine Augen glänzen. »Katharinas Kräuterflädle sind unübertrefflich! Wirklich, da könnte ich auf Spargel verzichten.« Fünf Minuten zu früh stehen wir vor dem Haus unserer Lieben, werden hereingebeten und zu einem Aperitif geladen.

»Der Spargel braucht noch ein bißchen«, sagt Katharina. »Ihr seid immer so erschreckend pünktlich.«

Ich beeile mich zu versichern, daß ich nicht schuld daran sei.

»Manfred steht immer hinter mir und treibt mich an. Ich kann euch sagen, er raubt mir den letzten Nerv!«

»Pünktlichkeit ist die Höflichkeit der Könige!« spricht Manfred, so wie er es an dieser Stelle immer zu sagen pflegt. »Und außerdem habe ich Hunger.«

»Das ist recht«, meint Mathias, »aber ein bißchen müßt ihr euch schon noch gedulden.«
Er versorgt uns mit Sherry und sinkt müde in einen Sessel. Auch Katharina wirkt bleich und übernächtigt.
»Was ist denn los mit euch? Seid ihr krank?«
»Wir haben schlecht geschlafen«, sagt Mathias und gähnt.
»Wir hatten Streit!« ergänzt Katharina.
»So etwas soll vorkommen«, meint Manfred, »um was ging es denn, wenn man fragen darf?«
»Um Mitterands Socken!«
»Um Mitterands Socken? Wie ist das möglich?«
»Leicht!« sagt Mathias. »Leicht ist das möglich! Wenn ihr wollt, erzähle ich euch die Geschichte, oder hast du was dagegen, Katharina?«
Nein, sie schüttelt den Kopf. Nein, sie habe absolut nichts dagegen, zumal sie im Recht gewesen sei.
»Das warst du nicht!« erklärt Mathias mit Bestimmtheit. »Denn alle beide können wir nicht Recht haben, sonst hätten wir ja nicht zu streiten brauchen. Das ist logisch! Habt ihr gestern abend ferngesehen? Nein? Auch nicht die Nachrichten im Ersten? Also, dann ist es euch entgangen, wie der Mitterand mit dem Kohl diskutiert hat.«
»Schon mal ganz falsch!« fällt ihm Katharina

ins Wort. »Er hat nicht mit dem Kohl diskutiert, sondern mit einem Journalisten. Der Kohl saß nur daneben. Du mußt es schon richtig erzählen, Mathias, sonst hat es keinen Wert!«

»Über was haben sie denn gesprochen?« fragt Manfred.

»Woher soll ich das wissen«, erwidert Mathias. »Wir hatten keine Zeit zuzuhören, wir hatten Streit. Also paßt auf! Ich zeig' euch jetzt, wie der Mitterand auf seinem Stuhl gesessen ist.«

Mathias stellt die Beine breit auseinander, wendet die Fußspitzen nach innen und zieht die Hosenbeine bis zu den Knien.

»Nein!« schreit Katharina. »So hoch war es nicht. Die Knie blieben auf jeden Fall bedeckt. Du mußt die Hosen mindestens fünf Zentimeter runterlassen!«

Mathias schüttelt den Kopf.

»Aber Käthchen, jetzt gib's doch zu, er hatte seine Hosenbeine bis zu den Knien hochgezogen. Es sah scheußlich aus! Und dann hast du gesagt: ›Der Mitterrand hat endlich einmal *lang genuge* Socken an.‹ Ja, ihr habt richtig gehört! Sie sagte ›lang genuge‹! Ich bin ganz ruhig geblieben und habe nur bemerkt, daß es solche langen Socken normalerweise nicht gibt und daß eine Frau, die Germanistik studiert und ihren Doktor darin gemacht hat, derartige Mißbildungen wie ›lang genuge‹ nicht in den Mund nehmen sollte, weil es sie nämlich in der deutschen Sprache überhaupt nicht gibt. Und dann haben wir einen furchtbaren Streit bekommen. Sie hat gesagt…«

Katharina fällt ihm ins Wort: »Ich kann selber sagen, was ich gesagt habe, denn ich bin der deutschen Sprache durchaus mächtig, und die Wortschöpfung ›lang genuge‹ ist zwar nicht gerade schön, das sehe ich ein, aber sie paßt. Ich habe dann erklärt, wie beglückend ich es finde, daß endlich einmal ein Mann ›lang genuge‹ Socken trägt, und wißt ihr, was euer Sohn darauf geantwortet hat? Nein?! Er hat behauptet, der Mitterand hätte eine Strumpfhose an! Na, was sagt ihr dazu?!«

Was sollten wir dazu sagen? Mit Mitterand in Strumpfhosen hatten wir nicht gerechnet. Mathias nippt an seinem Sherry. »Das war mit Sicherheit eine Strumpfhose, oder es waren lange Strümpfe mit Strapsen, wenn euch das lieber ist.«

Nein, es ist uns nicht lieber. Wir können uns für beide Möglichkeiten nicht erwärmen. Katharina aber spricht mit verzücktem Augenaufschlag:

»Also dieser Mitterand ist ein Mann von Welt. Erst einmal, weil er lang genuge Socken trägt

und dann, weil er seine Hosenbeine vorne hochgezogen hat. Das wirkt elegant und gepflegt.« Mathias stellt sein Glas zurück auf den Tisch. Es klirrt. »Ihr könnt's mir glauben, er hat es extrem gemacht. Es sah aus wie Knickerbocker.« Dazu kann Manfred auch etwas beitragen. »Man muß die Hosenbeine schon hochziehen«, sagt er, »sonst sind sie nachher an den Knien ausgebeult. Aber zu hoch wieder auch nicht, denn wenn man keine langen Socken...«
»Lang genug!« wirft Katharina ein, und Mathias wirft hinterher: »Wofür lang genug? Dafür, daß man seine Hosenbeine bis zum Geht-nicht-Mehr...«
»Lang genug, daß man kein Fleisch sieht!« erklärt Katharina.
»Ja!« rufe ich. »Da hast du wahrhaftig recht, Katharina. Das haarige Beinstück zwischen Strumpf und Hose ist kein erfreulicher Anblick!«
Dieses Thema hat Manfred und mich auch schon öfters erregt und entzweit. Er stürzt sich darauf wie das Huhn auf den Apfelbutzen. »Was hast du nur gegen dieses kleine Stückchen Bein? Ich möchte wissen, was dich daran so ärgert?«
»Es ärgert mich, daß du offenbar denkst, es wäre besonders schön!«

»Also, wie ist das?« fragt Mathias grämlich. »Sollen wir jetzt von unserem Streit erzählen, oder wollt ihr selber streiten?!«

Nein, das wollen wir natürlich nicht! Wir wollen, daß sie sich wieder vertragen und wir endlich Spargel essen können. Deshalb fragen wir, wie es denn weiter ging mit Mitterands Socken.

Katharina ergreift das Wort: »Ich habe nur ganz sachlich festgestellt, daß dieser Mann endlich einmal ›lang genug‹ Socken anhatte und daß sich Mathias an ihm ein Beispiel nehmen soll!«

»Sachlich blieb nur einer«, erklärt Mathias, »und das war ich. Ich fand, daß er die Hosen zu weit hochgezogen hatte, noch dazu in einer Fernsehsendung. Aber vermutlich war er nervös.«

»Nein, das war er nicht!« ruft Katharina dazwischen. »Er war die Ruhe selbst, und er konnte auch ruhig sein, denn er hatte ja lange Socken an. Lang genug!! Schöne graue!«

«So haben wir uns denn in aller Ruhe gestritten«, sagt Mathias, »und auf einmal ist sie aus dem Haus gerannt!«

»Ja, da bin ich weggerannt«, bestätigt Katharina, »weil er mich nämlich angeschrien hat, ich solle den Mund halten, und das finde ich unerhört, denn ich halte meinen Mund, wenn ich will, und nicht, wenn er es mir befiehlt!«

»Und dann bist du rausgelaufen in die kalte Nacht!« rufe ich.
»So kalt war die Nacht nun auch nicht!« stellt Mathias fest. »Wir haben schließlich Juni!«
»Aber der Hund von Zucks nebenan hat wie verrückt gebellt, und ich hab' gedacht, es geschieht dem Mathias ganz recht, wenn er mich anfällt und beißt«, entgegnete Katharina.
»Läuft er denn frei herum und ist bissig?«
»Nein, tagsüber nicht, aber nachts hat er vielleicht Angst und schnappt zu. Was weißt du, was in so einem Hund vorgeht?«
»Bei unserem letzten Streit bin ich auch weggelaufen«, sage ich, »auf den Friedhof hinter unserem Haus. Ich dachte, Manfred käme hinterher, aber er kam nicht. Da hab' ich mich auf eine Bank gesetzt, um zu erfrieren.«
»So schnell erfriert man nicht!« meint Manfred und lacht.
Ich tue, als hätte ich es nicht bemerkt und spreche weiter: »Er hätte mich vom Badezimmer aus sehen können, aber er hat nicht einmal aus dem Fenster geguckt... Schließlich wurde es mir doch zu dumm, daß ich da sitzen sollte und frieren, und kein Mensch sieht es. Da bin ich halt wieder heimgegangen...
»Ich auch!« sagt Katharina. »Es ist ja sinnlos, in der Dunkelheit rumzutappen...«

Mathias streichelt ihre Hand.
»Grad als du wieder ins Haus kamst, wollte ich suchen gehen. Ja wirklich, Käthchen!«
»Hat es dir wenigstens leid getan?« frage ich meinen Sohn. »Und hast du dich entschuldigt?«
Da habe ich offenbar eine empfindliche Stelle getroffen.
Mathias wird rot und schnaubt vor Zorn.
»Erstens gab es nichts zu entschuldigen!« schimpft er. »Und zweitens hätte ich's gar nicht können, auch wenn ich's gewollt hätte. Sie schläft ja immer gleich ein, wenn wir Streit haben! Ja wirklich! Das ist die beste Möglichkeit, ihr zu einem guten Schlaf zu verhelfen. Ich bin ganz fertig und wälze mich im Bett herum, und sie schläft.«
»Ich auch!« rufe ich. »Ich liege auch im Bett und bin fertig, und Manfred? Da liegt er wie ein Stein, hört kein Wort, spricht keines und schläft! Es ist einfach furchtbar!«
Mathias räuspert sich.
»Na also, ihr beiden, jetzt vertragt euch mal wieder!« sagt er. »Aber merkt ihr jetzt, was für einen Zündstoff diese verflixten Socken in sich tragen. Die sind ja direkt explosiv!«
»Das kann man wohl sagen«, pflichtet Katharina bei, »und zur deutsch-französischen Freundschaft tragen sie auch nicht bei, wenig-

stens was Mathias anlangt und Manfred. Du solltest ihm einfach längere Socken kaufen, Amei, und die kurzen wegwerfen. Dann bleibt ihm nichts anderes übrig, dann muß er die langen nehmen! Himmel, mein Spargel!«

Die erste alte Tante sprach:
Wir müssen nun auch dran denken,
Was wir zu ihrem Namenstag
Dem guten Sophiechen schenken.

Drauf sprach die zweite Tante kühn:
Ich schlage vor, wir entscheiden
Uns für ein Kleid in Erbsengrün,
Das mag Sophiechen nicht leiden.

Der dritten Tante war das recht:
Ja, sprach sie, mit gelben Ranken!
Ich weiß, sie ärgert sich nicht schlecht
und muß sich auch noch bedanken.

Wilhelm Busch

Ehrlich währt am längsten

Das sagt man leicht dahin, aber wenn ein Mensch zu ehrlich ist, dann kann es zu Schwierigkeiten und Mißverständnissen kommen. Mein Mann Manfred ist von der ganz ehrlichen Sorte. Ab und zu gelingt ihm vielleicht eine Notlüge, aber was Geschenke anlangt und den Dank dafür, so ist es damit schlimm bestellt, besonders, wenn es um meine – sehr empfindliche – Familie geht.

»Seid höflich, Kinder!« pflegte meine Mutter zu sagen. »Auch wenn ein Geschenk noch so klein und mickrig ist! Denkt an die Mühe des Spenders und an seinen guten Willen. Er wartet auf euren Dank!«

In unserer Familie würde niemand sagen: »Ach, was ist das doch für eine scheußliche Krawatte mit diesem dicken roten Elefanten darauf. Soll ich mir die etwa um den Hals binden?«

Nein, bei uns würde der Beschenkte zwar kurz schlucken, dann aber mit fester Stimme sprechen: »Was für eine aparte Krawatte! Und dieser rote Elefant wird mir sicher Glück bringen. Vielen lieben Dank!«

Mit diesen Worten hätte er keine Lüge ausgesprochen und eine schauspielerische Meisterleistung vollbracht, denn das ist er dem freundlichen Geber schuldig.
Nicht so Manfred. Er findet keine begeisterten Worte für Geschenke, die ihm nicht gefallen und die er nicht brauchen kann. Leider, leider bringt er das auch zur Sprache!
Es war schon früher so, als unsere beiden Buben mit ihren kleinen Fingerchen begannen, Geschenke zu basteln. Ich erinnere mich an die kilometerlange Wurst, die Mathias mit Hilfe einer Strickliesel produziert hatte, um sie seinem Vater auf den Geburtstagstisch zu legen. Wie aber lohnte ihm der seine Mühe?
Er fragte in die strahlenden Kinderaugen hinein: »Wozu soll es gut sein, Mathias?«
So etwas fragt man einfach nicht! Man freut sich und kann mit ein wenig gutem Willen jedem Geschenk etwas abgewinnen. Wenn nicht, dann legt man es in eine Schublade und berauscht sich an der Vorstellung, daß der vierjährige Knabe eine so sinnlose Arbeit auf sich genommen hat, nur um dem Vater eine Freude zu bereiten.
Wahrhaftig, mir stehen die Haare zu Berge, wenn ich daran denke, wie Manfred die leidige Schenkerei mit seiner Schwester Hanna gere-

gelt hat. Sie darf sich zu ihrem Geburtstag einen Herzenswunsch im Werte zwischen fünfzehn und zwanzig Mark erfüllen. Er behält das Geld und kauft sich wiederum an seinem Geburtstag etwas Schönes dafür. So haben sie beide ein Geschenk nach ihrem Geschmack und müssen sich nicht einmal bedanken. Ist das die feine Art? So etwas wäre in meiner Familie nicht denkbar!

Gut, Bruder Stefan und ich haben auch eine besondere Regelung der Geschenkfrage vorzuweisen, aber sie ist, so finde ich, irgendwie humorvoller, und mit einer, wenn auch geringen, Mühe verbunden. Stefan schickt mir zu meinem Geburtstag im Februar das Buch »Mozart auf der Reise nach Prag«. Warum gerade dieses, weiß ich nicht. Es ergab sich eben. Ich schicke ihm dasselbe Buch, natürlich in anderer Verpackung, im März wieder zurück, denn in diesem Monat hat er Geburtstag. Er besitzt es dann sehr viel länger als ich, aber damit kann ich leben. So nehmen wir die Mühe auf uns, »Mozarts Reise nach Prag« immer wieder hervorzukramen, einzupacken und mit vielen guten Wünschen auf die Reise zu schicken. Und liegt das Büchlein auf dem Geburtstagstisch, so freue ich mich, kommt es doch von meinem Bruder.

Wie aber verhält sich Manfred?
Er steht am Geburtstagstisch und packt Geschenke aus. Das Päckchen von Bruder Gustav kam pünktlich um sieben Uhr morgens per Eilboten. Es enthält eine Flasche Rasierwasser. Manfred schraubt sie auf, schnuppert daran und schraubt sie wieder zu.
»Dieses Rasierwasser hat einen süßlichen Geruch«, so murrt er. »Ich kann ihn nicht leiden.«
»Man muß sich eben positiv dazu einstellen«, sage ich. »Es duftet tatsächlich etwas süß, aber daran kann man sich gewöhnen. Sonst muß man es eben aufheben.«
»Warum aufheben? Meinst du in zehn Jahren riecht es besser?«
»Nein, das meine ich nicht! Aber du kannst es doch nicht einfach wegwerfen! Es hat schließlich Geld gekostet, und er hat dir damit eine Freude machen wollen!«
»Das ist nett von ihm, daß er mir eine Freude machen wollte, aber mit diesem Rasierwasser wird es ihm schlecht gelingen. Ich kann es nun einmal nicht riechen, und das werde ich ihm schreiben, sonst bekomme ich im nächsten Jahr wieder eine solche Flasche!«
»Unmöglich, Manfred! Du kannst ihm unmöglich schreiben, daß du es nicht riechen kannst! Einem geschenkten Gaul...«

»Das ist der blödeste Satz, der mir je untergekommen ist! Warum soll ich dem Gaul denn nicht ins Maul schauen? Bloß, weil er geschenkt ist? Das sind diese verlogenen Traditionen in deiner Familie!«
Ein brisantes Thema! Mir sprühen bereits Funken aus den Augen, aber ich beiße die Zähne zusammen und denke daran, daß bald die ersten Gratulanten anrücken werden und daß wir friedlich sein wollen und lieb zueinander.
»Ich werde diese Sache in meinem Dankbrief zur Sprache bringen«, sagt Manfred. »Du brauchst keine Sorgen zu haben, denn ich mache es in feiner Weise, so daß er es verkraften kann.«
Ach herrje, in feiner Weise! Als ob ihm das gegeben wäre, bei seiner Ehrlichkeit.
Bruder Gustav ruft an.
»Na, hat er sich gefreut?« fragt er mich.
»O ja, sehr!« rufe ich nach alter Gewohnheit. »Soll ich ihn etwa holen?«
»Ja natürlich! Ich will gratulieren. Was denkst du denn, warum ich anrufe?«
Also hole ich Manfred herbei.
»Es ist Gustav. Er denkt, du freust dich. Bitte Manfred, tu mir den Gefallen, sag was Freundliches! Eine kleine Notlüge, bitte!« Ich schaue ihn flehend an und verschwinde, ein gutes Gefühl habe ich nicht.

Kurze Zeit später ist er wieder da, lächelt beruhigend und sagt: »Es ist alles in Ordnung! Er ist froh, daß er Bescheid weiß!«
Ich kann mir vorstellen, wie froh er ist.
Wenig später ruft Bruder Christoph an.
»Wie ich höre, hat Gustavs Rasierwasser keine Gnade vor seiner Nase gefunden. Bin ich froh, daß ich ein Buch geschenkt habe. Das wird er hoffentlich riechen können!«
Die Nachricht, daß Manfred Gustavs Rasierwasser nicht mag, verbreitet sich mit Windeseile in meiner Familie, vom äußersten Süden Deutschlands bis zum hohen Norden.
Gegen Abend ruft Schwester Fränzchen an. Auch sie will das Geburtstagskind höchstpersönlich sprechen, so deutlich ich ihr auch klarzumachen suche, daß der Augenblick nicht günstig gewählt sei.
»Ah ja«, Manfred strahlt. »Das ist recht, daß sie anruft, da kann ich ihr doch gleich...«
Er nimmt den Hörer, und ich weiß, daß sie ihn jetzt nach der Platte fragt, nach der »Unvollendeten« von Schubert, die sie ihm geschenkt hat.
»Ja, Fränzchen«, sagt er eben. »Ich hätte mich schon gefreut, wenn sie keinen Sprung gehabt hätte. Platten sollte man irgendwie verpacken. Sie sind empfindlich...«
Ich drücke mein Ohr zu seinem an den Hörer.

Fränzchen verteidigt ihr Geschenk: »Aber außer dem Sprung ist es doch eine wunderbare Platte…«
»Ja, bloß etwas alt. Ich meine, ich habe sie ja nicht hören können, denn ich wollte meinen Plattenspieler nicht kaputt machen, aber die Aufführung liegt bestimmt schon Jahrzehnte zurück.«
»Ich denke, historische Aufnahmen sind besonders wertvoll…«
»Es gibt natürlich Leute, die dergleichen sammeln, aber ich gehöre nicht zu ihnen…«
Da reiße ich ihm den Hörer aus der Hand. Fränzchen weint.
»Er hat sich nicht gefreut!« schluchzt sie. »Gut, daß ich nur seine Schwägerin bin! Arme Amei!« Sie schluchzt noch einmal, dann legt sie auf.
Nun ist der Geburtstag nicht mehr zu retten. Selbst Manfred hat nach diesem Gespräch kein gutes Gefühl.
»Ich kann doch nicht lügen!« schreit er. »Sie hat mich herausgefordert! Sie hat mich extra gefragt!«
»Niemand will, daß du lügst! Aber du hättest es auch etwas netter sagen können!«
»Netter? Wie soll ich es denn nett sagen, daß ihre Platte zerbrochen war? Hätte ich sagen sollen, sie hat einen Sprung, aber das freut mich be-

sonders, denn dann brauche ich wenigstens nicht mitanzuhören, wie schrecklich sie rauscht!«

In diese gespannte Situation hinein platzen Katharina und Mathias.

»Was schreist du denn so?« fragt Katharina und drückt ihrem Schwiegervater einen Kuß auf die Wange und ein Geschenk in den Arm. »Man hört es ja schon auf der Treppe.«

»Ist was?« will nun auch Mathias wissen.

»Ich soll mich andauernd freuen!« knurrt Manfred. »Auch, wenn es gar nichts zum Freuen gibt!«

»Aber jetzt gehen wir essen!« sagt Mathias. »Freust du dich nicht?«

»Doch!« sagt Manfred. »Doch, da freue ich mich!«

Bös muß bös vertreiben

Es ist Halbzeit, also wird im Kirchenchor eine Pause eingelegt. Ein Tenorsänger reißt die Fenster auf, damit durchgelüftet wird, eine Dame aus dem Sopran schließt sie wieder, weil es zieht. Man tauscht Neuigkeiten aus, zeigt Fotos von Kindern und Enkeln herum, ißt auch wohl einen Apfel oder verschwindet nach draußen, um im Dunkel der Nacht eine Zigarette zu rauchen.
Meine Kehle ist trocken vor lauter Singen.
»Wollen Sie ein Gutsel?« fragt Frau Winter, meine Nachbarin im Alt.
Ja, natürlich will ich! Herzlich gerne! Für Süßigkeiten bin ich immer zu haben. Frau Winter kramt in ihrer Tasche und bringt eine Tüte zum Vorschein. Sie läßt mich einen Blick hineinwerfen. Ich sehe kleine graubraune Kegel. Mäusedreck, denke ich und fasse sofort einen Widerwillen.
»Halten Sie die Hand auf!« befiehlt Frau Winter. »Ich schütte ihnen welche hinein!«
Obschon mir diese Gutsel ganz und gar nicht gefallen, strecke ich gehorsam die Hand hin, und der Segen rinnt.

Frau Winter schnalzt genießerisch mit der Zunge.
»Sie zergehen im Mund. Wissen Sie, es sind Knöterichpastillen. Sehr gesund für den Hals! Ein Geschenk der Natur. Ja, nehmen Sie nur eine Handvoll. Sie werden singen wie eine Lerche!«
Da sitze ich nun, reichbeschenkt mit Knöterichpastillen. Sie riechen streng. Meine Lust auf Süßes ist verflogen, trotzdem stecke ich eine Pastille in den Mund. Sie schmeckt eigenartig und nicht so, wie ich es gern habe.
Die edle Spenderin strahlt.
»Köstlich, nicht wahr? Und so gesund!«
»Bös muß bös vertreiben!« so hat meine Großmutter gesagt, als ich noch ein Kind war, und kaum hatte sie dies gesagt, da stand schon eine dampfende Tasse Bärentraubenblättertee vor mir, gallenbitter, aber ach, so gesund. Meine Mutter reichte den Löffel mit Lebertran, dem scheußlich fetten und gesunden. Sie griff, wenn nötig, zur Rizinusflasche. – Gut, gegen Arzneien gibt es nichts einzuwenden. Sie dienen dem Wohlbefinden und nicht dem Wohlgeschmack, damit muß man sich abfinden. Wie aber steht es denn mit dieser Knöterichpastille, scharf schmeckend, streng riechend? Hat man mir nicht etwas Gutes versprochen?

Ich kenne Knöterich. Er wächst auf sauren Wiesen, und ich wäre nie auf die Idee gekommen, ihn als Süßigkeit zu lutschen. Selbst die Kühe lassen ihn stehen. Aber der Mensch kennt ja keine Hemmungen, wenn es um seine Gesundheit geht und um die Verwertung nutzloser Pflanzen. Steht nicht in unserem Konversationslexikon unter Z wie Zichorie: »... Die Wurzel der Zichorie dient zur Bereitung von Kaffee-Ersatz, zu welchem sie sich indes durch nichts empfiehlt...«

Auch der Knöterich empfiehlt sich nach meiner Meinung durch nichts zur Bereitung von Süßigkeiten. Trotzdem hat man mir eine Knöterichpastille als besonderen Leckerbissen angedreht. Sie liegt bereits unter meiner Zunge, denn dort, das weiß ich noch seit Kindertagen, kann sie am wenigsten Schaden anrichten.

Frau Winter schaut mir erwartungsfroh ins Gesicht.

»Na?« fragt sie. »Schmeckt's?«

Glücklich der Mensch, der an dieser Stelle antworten kann: »Nein, überhaupt nicht! Sie schmeckt widerlich!«

Ich kann's nicht. Dabei hat mir diese Schwäche schon soviel Ärger eingebracht!

Ich denke an Patentante Auguste und ihre verhaßten Wyberts. Sie trug Tausende von diesen

Köstlichkeiten mit sich herum, im Einkaufskorb, in beiden Manteltaschen und in der weißen Schürze, die sie als Diakonisse ständig um den Leib gebunden hatte. Kam sie nun zu uns auf Besuch, was oft geschah, dann fuhr ihre Hand sogleich in die Tasche und förderte Wyberts zutage, kleine, schwarze, rautenförmig geschnitten, sehr gesunde Lakritzen, deren Geruch und Geschmack mir von ganzem Herzen zuwider war. Sie gab mir diese Schleckerei nicht etwa in die Hand, wo ich sie leicht hätte fallen lassen können, nein, sie machte ein fröhliches Spielchen daraus, das durch seine ständige Wiederholung auch nicht witziger wurde.
Sie rief: »Mund auf! Augen zu!«
Und tat ich das, dann legte sie mir, o Wunder, ein Wybert auf die Zunge.
»Na, was ist's?«
»Ein Wybert!» mümmelte ich.
»Schmeckt's?«
»Nein!« hätte ich antworten sollen, und »Ja!« antwortete ich.
Wenn ich nach dieser Begrüßungszeremonie fliehen konnte, dann war die Sache leicht zu erledigen. Ich verschwand im stillen Örtchen, spie die Köstlichkeit aus und spülte kräftig nach. Mußte ich aber im Zimmer bleiben und der Tante gegenüber auf dem Sofa Platz nehmen,

dann war die Anstrengung, das Wybert von mir zu geben, ungleich größer. Ich wartete ab, bis die Tante geruhte, ein Witzchen zu machen, was leider selten vorkam, denn sie war ein ernsthafter Mensch, wenn sie's aber doch tat, dann lachte ich lauthals, legte dabei die Hand über den Mund und ließ das Wybert hineingleiten. Versteckmöglichkeiten gab es genug. Auf dem Sofa zwischen den Polstern, oder am Fuß zwischen Schuh und Söckchen, und auch unter dem Teppich befand sich bald ein Wybertgrab. Während all der Bemühungen, das lästige Ding loszuwerden, mußte ich ständig den Eindruck erwecken, als lutsche ich stillvergnügt vor mich hin. Tat ich das nicht, dann sprach Tante Auguste: »Schon fertig, Kind? Mir scheint, du kannst gar nicht genug bekommen. Du kleines Schlekkermäulchen, du! Na warte, ich hab noch eines!«

Damit ging das Theater von vorne los.

Machte die Tante aber kein Witzchen, dann blieb mir nichts anderes übrig, ich mußte die Hand auch ohne Lachen vor den Mund halten. Kaum sah sie es, so fragte die Gute:

»Hast du Zahnschmerzen, mein Kind?« Und zu meiner Mutter hin: »Du mußt mit ihr zum Zahnarzt gehen, meine Liebe!«

So endeten die Wybertbesuche der Tante Auguste für mich mit Ärger und Zahnarztbesuchen. – Voll heiligem Schauder blicke ich auf zu den Menschen, die klipp und klar erklären, was sie nicht mögen.

»Ich esse alles!« sagte zum Beispiel Freund Nick, als ich ihm einen Sauerkrautauflauf servierte, der mir viel Mühe bereitet hatte und das ganze Haus mit durchdringendem Gestank erfüllte. »Ich esse alles, bloß kein Sauerkraut, keinen Fisch, keine Salate und vor allem keine Zwiebeln. Mit Süßigkeiten kannst du mich jagen. Aber sonst esse ich alles!«

Unser Freund, der Doktor, hielt an seinem vierzigsten Geburtstag eine vielbeachtete Rede. Sie gipfelte in den Worten:

»... Jetzt endlich bin ich soweit, daß ich es mir gestatte, zu meinen Schwächen zu stehen. Ich erkläre hiermit und bitte, es zur Kenntnis zu nehmen, daß ich nicht gern wandere und daß ich Merrettichsoße verabscheue!«

Leider bin ich auch mit fünfzig Jahren noch nicht zu solcher Größe gediehen, und so sitze ich denn im Kirchenchor mit einer Knöterichpastille im Munde und einer Schützmotette in der Hand.

»Hier riecht es komisch«, flüstert meine Nachbarin zur anderen Seite. »Riechen Sie es nicht? Was ist das bloß?«

Was wird es wohl sein? Eine Knöterichpastille natürlich! Sie wird es schon merken, spätestens in dem Augenblick, wo sie in ihre Jackentasche greift und darin eine Handvoll verklebter Knöterichpastillen vorfindet. Irgendwo mußte ich sie ja unterbringen, und die Tasche bot sich an. Vielleicht mag meine Nachbarin dergleichen und ist recht dankbar für die milde Gabe. Ihrer Stimme jedenfalls, so denke ich, würde der Knöterich nicht schaden.

Man sollte nicht so etwas denken, besonders nicht mit einer Knöterichpastille unter der Zunge und einem Gesang auf den Lippen. Die Pastille nämlich begab sich auf Abwege und machte sich's in der Luftröhre bequem. Ich huste, ich pruste, ich laufe blau an. Der Kantor stellt sein Dirigieren ein, der Chor das Singen. Die Nachbarinnen zur Rechten und zur Linken klopfen mir vereint auf den Rücken, mir wird schwarz vor Augen. Da vernehme ich noch die Worte eines Herrn aus dem Baß: »Da hilft alles nichts! Wir müssen sie auf den Kopf stellen!«

In demselben Augenblick fällt mir die Knöterichpastille aus dem Hals. Ich habe sie wieder im Mund und bin gerettet.

»Was war denn das?« so fragt man. »Was ist passiert?«

»Eine Knöterichpastille in meinem Hals«, flüstere ich.
»Ach so, nur eine Knöterichpastille!« ruft Frau Winter. »Dann ist es nicht schlimm! Knöterichpastillen sind gesund!«

Ei ja! – da bin ich wirklich froh!
Denn, Gott sei Dank, ich bin nicht so!

Wilhelm Busch

Die Trixi ist ein liebes Tier

Ja, aber natürlich!« sagt Freundin Lisa am Telefon. »Natürlich kommen wir morgen zum Abendessen, Hans-Hermann und ich. Nur eine Frage! Können wir Trixi mitbringen?«
»Wer ist Trixi?«
»Aber Amei, weißt du es denn noch nicht? Trixi ist unser neuer Hund. Ein entzückendes Tier! Ein süßes, kleines Hundemädchen, ihr werdet sie gleich ins Herz schließen. Man muß sie einfach gern haben!«
»Ja, wenn du meinst, Lisa...«
»Sonst müssen wir sie eben im Auto lassen. Aber stell' es dir vor, einen ganzen Abend allein im Auto! Das ist für ein kleines Hundemädchen einfach entsetzlich. Aber wenn ihr lieber nicht wollt...«
»Doch doch, wir wollen! Bringt sie nur mit!«
Meine Begeisterung ist mäßig, und meine Einladung klingt matt, aber Lisa nimmt sie freudig an, und also hören wir am nächsten Abend unten im Hausflur ein wildes Gekläff, erregte Menschenstimmen, und schon braust es die Treppe hinauf und kratzt an der Tür.

»Trixi ante portas!«
Ich öffne die Tür. Sie springt mir an den Hals und kratzt das Kleid abwärts. Dies ist kein Hund, wie ich ihn sonst kenne und fürchte, dies ist ein kleiner Vitalitätsprotz, ein Teufel aus der Schachtel.
»Trixi bei Fuß!« schreit Lisa, aber Trixi denkt nicht daran, dergleichen zu tun. Sie ist bereits im Wohnzimmer und dabei, den Papierkorb auszuräumen.
»Macht es euch was aus?« fragt Lisa. »Sie spielt so gern mit diesen kleinen Dingen. Dann ist sie beschäftigt, und wir haben ein bißchen Ruhe füreinander.«
»Nein, es macht nichts!« sage ich, obwohl es mir sehr viel macht.
Manfred schweigt still, denn er verabscheut Höflichkeitslügen.
Lisa nimmt auf einem Sessel Platz, springt aber sofort wieder hoch.
»Ihr habt doch etwa nichts Scharfes im Papierkorb? Zahnstocher oder Rasierklingen oder so was?«
»Nein, woher denn? Bloß Papier!«
»Warum würgt sie dann so? Komm Triximädchen, jetzt machen wir brav das Mäule auf! Ist das etwa Papier?« Lisa betrachtet das, was Trixi in ihre Hand gespuckt hat. »Das sind ja Blumen-

blätter – hoffentlich sind sie nicht giftig! Man wirft doch keine Blumenblätter in den Papierkorb! Brav, Trixi, so jetzt haben wir alles. Wo kann ich meine Hände waschen, Amei?«

Sie begibt sich mit mir nach draußen, und Trixi geht im Zimmer auf Entdeckungsreisen.

»Vielleicht könnten wir die Kabel hochlegen!« meint Hans-Hermann, als wir wieder zurückkommen. »Bei euch liegt verflixt viel auf dem Boden herum. Sie knabbert so gern. Ihr wollt doch nicht etwa, daß sie einen Schlag bekommt?!«

Nein, das wollen wir nicht. Also legen wir alle Kabel hoch.

»Bei uns gibt es kein Kabel mehr in Trixis Reichweite«, erklärt Hans-Hermann. »Und alle Papierkörbe sind leer!«

Ja, wenn wir das gewußt hätten, hätten wir sie auch leergemacht, schon wegen der gräßlichen Unordnung im Zimmer. Trixi springt inzwischen an der Tür hoch und versucht, die Klinke herunterzudrücken. Draußen riecht es nach Fisch, denn ich habe unter unendlicher Mühe einen französischen Fischtopf zubereitet. Manfred schenkt Sherry ein. An ihm ist Trixi zum Glück nicht interessiert. Sie hält sich an das Kleingebäck, das sie vom Tisch heruntergerissen hat. Freundin Lisa klatscht vergnügt in die Hände.

»Jetzt seht es euch bloß an, wie wählerisch sie ist! Nein, sie nimmt nicht alles! Nur die Schokoladewaffeln! Die mag sie am liebsten!«

»Ich auch«, sagt Manfred wehmütig, »ich mag Schokoladenwaffeln auch am liebsten!«

»Ja, ja«, meint Lisa, »solch ein Hund ist wie ein Mensch. Ich empfinde das immer wieder.«

Hans-Hermann nickt beifällig. Ja, er empfindet es auch.

Ich gehe in die Küche, um letzte Hand an meinen Fischtopf zu legen. Trixi hat sich mit herausgedrückt. Sie ist scharf auf den Fischtopf. Es erweist sich leider im Laufe des Abends, daß sie die einzige ist, die das tut. Der strenge Geruch zieht sie an, die anderen stößt er eher ab. Sie umtanzt mich, als ich mit dem Fischtopf ins Eßzimmer trete. Ich kann nichts dafür, daß ich sie stoße, ich habe sie einfach nicht gesehen.

Sie stößt einen schrillen Jammerlaut aus.

»Ach du arme Trixi!« schreit Freundin Lisa. »Komm her zu Frauchen, du armes, armes Tierchen! Hat sie dich getreten?«

»Es wird nicht so schlimm gewesen sein!« meint Manfred. »Ich glaube, sie spielt ein bißchen Theater!«

»Sag das nicht!« tadelt Hans-Hermann. »Sie übertreibt nie! Sie ist hart im Nehmen! Da ist sie anders als menschliche Frauen!«

»Es muß ihr sehr wehgetan haben!« ruft Lisa mit einem scharfen Blick auf Hans-Hermann. »Komm her, zu mir, du armes Trixímädchen! Komm her, Trixile! Bei mir kann dir nichts passieren. Da darf sie dich nicht treten!«
Nach dem mißglückten Fischessen legt sich Trixi aufs Sofa und macht es sich dort bequem. »Sie haart gerade«, erklärt Hans-Hermann. »Hoffentlich macht es euch nichts aus. Wir haben uns schon daran gewöhnt.«
Der Abend neigt sich dem Ende zu. Wir beschließen, noch ein wenig zu singen, das tun wir immer. Zwar ist Hans-Hermann kein begeisterter Sänger, aber er erträgt es mit Geduld. Trixi ist endlich eingeschlafen. Aber schon nach den ersten Takten von »Der Mond ist aufgegangen« springt sie hoch, schließt die Augen, öffnet das Maul und heult. Tut sie's aus Freude, tut sie's aus Qual, wir wissen es nicht. Solange wir singen, heult sie. Es klingt schauerlich, und so geben wir denn schließlich auf.
Hans-Hermann lächelt dankbar.
»Sie ist sehr musikalisch«, sagt er, so als wäre damit alles geklärt.
Dann brechen sie auf. Wir aber sind noch lange damit beschäftigt, Leitungen neu zu verlegen, Zeitungen aufzusammeln und Hundehaare einzusaugen.

»Es war ein schöner Abend«, sagt Lisa am nächsten Tag ins Telefon. »Auch Trixi hat ihn genossen, das könnt ihr mir glauben.«

Derweil sein Herr Besuche macht,
Hält Schnauz bei Hut und Schirm die Wacht.

Wilhelm Busch

Süße, wohlbekannte Düfte…

Die Glocken läuten, der Heilig-Abend-Gottesdienst ist vorüber, und die Gemeinde strömt in die Kirche. Manfred hat sich in diesem Jahr etwas besonders Schönes ausgedacht. Jeder Gottesdienstbesucher empfängt am Ausgang eine Kerze. An den Kirchentüren stehen Konfirmanden und drücken den Gläubigen eine bereits entzündete Kerze in die kalten Hände. Es gilt, diese brennende Kerze vor Wind und Wetter zu schützen, und sie, womöglich brennend, nach Hause zu tragen, um den eigenen Weihnachtsbaum damit zu entzünden. Manfred hat darüber gepredigt.
Andreas packt meine Hand.
»Komm schnell! Wir gehen vorne zur Sakristeitür raus. Dann können wir sie mit ihren Kerzen die Treppe runterlaufen sehen. Was meinst du, wie schön das wird!«
Wahrhaftig, der Anblick ist überwältigend! Ein Lichtermeer wogt auf der Straße, die Glocken läuten, und vom Kirchturm herunter bläst der Posaunenchor: »O, du fröhliche…«
Uns wird ganz weihnachtlich zumute.

Frau Hendricks schreitet daher, die brennende Kerze andächtig in der weit vorgestreckten Hand, damit der Pelzmantel keinen Schaden nehme. Ihre Augen glitzern, ihr Mund bebt.
»Ist das nicht schön?« so frage ich und lächle freundlich zu ihr hinüber. »So richtig weihnachtlich mit den Kerzen...«
»Ja!« ihre Stimme klingt schrill. »Die Kerzen sind schön, aber ich bin in einen Hundedreck getreten und schiergar ausgerutscht!«
Sie reibt mit ihrem Schuh am Trottoir, um diese unwillkommene Bescherung loszuwerden, und hinter ihr tut noch mancher andere desgleichen. Der andächtige Blick auf die Kerze verfinstert sich, gleitet nach unten, und alle milden Gefühle schwinden.
»Mensch!« sagt Andreas. »Wenn sie erst nach Hause kommen und riechen es, da werden sie noch viel saurer sein. Wirklich, dieser Hund hat die ganze Stimmung versaut!«
Wir wenden uns um und gehen zum Pfarrhaus zurück.
»Wischt euch, um Himmels willen, die Füße ab!« rufe ich. »Wenigstens dieses Weihnachten soll es gut bei uns riechen. Mir reicht die Bescherung vom letzten Jahr!«
Letztes Jahr hatten wir eine wunderbare Tanne. Gerade gewachsen, dicht benadelt, makellos!

»*Den* Baum oder keinen!« hatte Manfred gesagt und war nur kurz zusammengezuckt, als der Bauer den Preis nannte.

Ja, draußen, auf dem Platz mit den Christbäumen, da war er prachtvoll gewesen, schöner als alle anderen. Aber drinnen im Zimmer aufgestellt, begann er zu stinken. Ich schmückte ihn mit Liebe und Strohsternen. Er sah bezaubernd aus. Aber jeder, der ins Zimmer trat, hob schnuppernd die Nase und fragte:

»Wie riecht's denn da?«

Niemand sprach aus, wie es roch, aber jeder dachte es bei sich, ging um den Baum herum, legte sich auf den Boden, um ihn von unten zu betrachten, und zog sich bald mit irgendeiner Entschuldigung aus dem Zimmer zurück.

Andreas kaufte ein Duftspray. »So riecht's im Wald« stand darauf. Wir sprühten reichlich, aber die Duftkomposition, die nun entstand, war noch unerfreulicher.

»Ich glaube, ich nehme den Gebäckteller in mein Zimmer«, meinte Andreas, »und den neuen Pullover auch. Weißt du, Mutti, wenn er diesen Geruch annimmt, dann kann ich ihn gleich vergessen.«

So früh hatten wir unsere Geschenktische noch nie abgeräumt.

Bald stand der Baum in stolzer Einsamkeit.

»Da wirkt er noch besser!« sagten wir. »Er kann einfach nichts um sich herum brauchen!«
Tante Luischen kam, sah ihn und hob schnüffelnd die Nase.
»Habt ihr Hunde? Habt ihr Katzen? Eine Leiche im Schrank? Nein? Das wundert mich!«
Wir aßen in diesem Jahr weniger Gebäck als sonst. Wir hatten einfach keinen Appetit. Wir sangen nur eine halbe Stunde lang Weihnachtslieder, denn das Klavier stand zu nahe am Baum, als daß wir hätten tief einatmen können. Wir verbrauchten nur eine Garnitur Kerzen, weil der zarte Duft des Bienenwachses im Duft des Baumes versank. Wir wurden ganz melancholisch, wenn wir ins Weihnachtszimmer traten, ließen die Köpfe hängen und dachten an die Vergänglichkeit des menschlichen Wesens.
»Ich denke, man sollte ihn abräumen!« sagte Manfred schon am Tage vor Silvester. »Und dann ordentlich durchlüften. Oder was meint ihr?«
Wir meinten es auch.
So stand der Baum noch lange in grüner Pracht an der Hintertür und schreckte Diebe und Räuber, bis unsere Mesnerin klagte, er verbreite einen Grabeshauch, und sie könne es nicht ertragen.
Da schleifte ihn Manfred zur Sammelstelle.

Ein neues Jahr kam, und als es Weihnachten wurde und wir einen Baum kaufen wollten, da besahen wir ihn nicht nur, nein, zum Ärger des Bauern beschnüffelten wir ihn von oben bis unten.

Nach dem Heilig-Abend-Gottesdienst und der Kerzenprozession zu Hause angelangt, zogen wir die Schuhe aus, gingen in Strümpfen die Treppen hinauf und stellten die Schuhe auf den Balkon.

»Diesmal gibt's keine Geruchsprobleme!« sagte Andreas und fügte mit zarter Schadenfreude hinzu:

»Wenigstens nicht bei uns!«

Es ist das Osterfest alljährlich
Doch für den Hasen recht beschwerlich.

Wilhelm Busch

Ostern zum Abgewöhnen oder: Kirche auf neuen Wegen

Bruder Christoph war am Sonntag in der Kirche. Er tut das nicht oft, denn als Pfarrersohn meint er, sein Soll im Kirchenbesuch schon lange hinter sich gebracht zu haben. Aber an Ostern hat er alle Bedenken überwunden und gedacht, es könne ihm nicht schaden, ein wenig Osterfreude ins düstere Herz zu bekommen.
Ist ihm das gelungen? Nein, Bruder Christoph schüttelt den Kopf. Nein, es hat ihm überhaupt nicht gefallen, und statt der Osterfreude hat er eine rechte Wut bekommen.
Er ging also am Ostersonntag in die Kirche, ein wenig spät zwar, denn Bruder Christoph kann es nie richten. Die Glocken waren bereits verstummt, aber die Orgel spielte. Im Vorraum befiel ihn eine erste dunkle Ahnung. Dort standen nämlich, dicke Altarkerzen in den Händen, vier Männer und machten einen ernsten und gesammelten Eindruck. Bruder Christoph empfing auch eine Kerze, allerdings keine große dicke, sondern eine kleine dünne. Er steckte sie flugs in die Manteltasche. Dann betrat er den Kirchenraum und ließ sich sogleich in eine Bank

sinken, denn hinter ihm her kamen die vier Männer, und es sah aus, so beteuerte Bruder Christoph mit Schaudern, als ob er sie anführe. Sie trugen die brennenden Kerzen und schritten im Gänsemarsch durch den Mittelgang zum Altar. Kinder schwärmten aus, entzündeten kleine Kerzen an diesen vier großen und liefen damit durch die Kirche, um auch die Kerzen und Herzen der Gemeinde durch das Osterfeuer zu entzünden. Bruder Christoph mußte seine Kerze aus der Tasche ziehen und von einem kleinen Burschen entzünden lassen, der voller Begeisterung, aber ohne die geringste Rücksicht, Bruder Christophs Mantel mit reichlich Stearintropfen versorgte. So stand er denn da, die brennende Kerze in Händen mit verschmiertem Mantel und grimmiger Miene, denn so etwas war ihm äußerst peinlich. Aber es sollte noch schlimmer kommen.
Der Pfarrer, nachdem er die Lichteraktion in der Kirche mit freudig verklärtem Antlitz betrachtet hatte, forderte die Gemeinde auf, die Osterfreude weiterzugeben, einander die Hände zu reichen und ein gutes und ermunterndes Wort zu sprechen.
»Wie soll ich?« so fragte Bruder Christoph uns, denen er diese Ostergeschichte erzählte, »wie soll ich jemandem meine Hände reichen, wenn

ich eine brennende Kerze darin halte? Und warum soll ich wildfremden Leuten die Hand geben. Es ist nicht einzusehen!«

So ragte er denn aus dieser österlich bewegten Gemeinde wie ein Fels aus dem Meer und hoffte, in Ruhe gelassen zu werden, denn sein rechter Platz war leer und links befand sich der Mittelgang. Aber die Hoffnung trog. Eine Hand von hinten legte sich auf seine Schulter, und eine leise Stimme bat um seine Hand. Was sollte er tun, ohne unliebsame Aufmerksamkeit zu erregen? Es blieb ihm nichts anderes übrig, als die linke Hand zu erheben und sie von hinten ergreifen zu lassen. Dies wäre mit einer kalten und feuchten Hand geschehen, sagte er schaudernd, und die Stellung in der er sich befand wäre peinlich und anstrengend gewesen. Ob wir es uns vorstellen könnten? In der rechten Hand die tropfende Kerze, die linke hoch erhoben und nach hinten gezerrt, dazu hätte eine Stimme in sein Ohr geflüstert, er solle nicht traurig sein, es würde alles gut.

Wie lange er denn so hätte stehen müssen?

Ach, Bruder Christoph schließt die Augen, lange, eine Ewigkeit, aber das war ja noch nicht das Schlimmste! Das Schlimmste kam erst noch! Der Pfarrer forderte die Gemeinde auf, nun aus den Bänken herauszutreten und an der Kirchen-

wand entlang einen Kreis zu bilden, um das Abendmahl zu empfangen.
Nach dieser Aufforderung versuchte Bruder Christoph zu fliehen, aber die kalte Hand von hinten ließ ihn nicht. Sie zog ihn sanft, aber beharrlich, hinter sich her an die Kirchenwand. Dort stand er, schaute nicht rechts und nicht links und mußte es sich gefallen lassen, daß seine andere Hand auch noch ergriffen wurde.
»Ja, und die Kerze?« Die Kerze, Bruder Christoph seufzt, die hatte er schon bei dem Fluchtversuch ausgeblasen und in die Manteltasche gesteckt.
Der Pfarrer verkündete, daß die Kinder nun das Brot austeilen würden und daß sich niemand gedrängt fühlen sollte, an diesem Abendmahl teilzunehmen... Wie denn, fragt Bruder Christoph, wie hätte ich mich denn nicht gedrängt fühlen sollen? Die Kinder kamen und stopften ein Brotstück zwischen meine Lippen. Hätte ich etwa die Zähne zusammenbeißen sollen und spucken oder wie?!
Dann endlich war es vollbracht. Halt nein, erst hätten sie noch singen müssen: »Wir wollen alle fröhlich sein, in dieser österlichen Zeit« und mindestens hundertmal »Halleluja« hinterher, und das alles Hand in Hand und mit dem Rükken an der Wand.

Der Pfarrer sagte, jeder dürfe sein Lichtlein mitnehmen, und draußen gäbe es auch noch Osterlämmlein. Zwar seien sie eigentlich für die Kinder gedacht, doch welcher Erwachsene gerne eines hätte, der dürfe sich getrost eines nehmen. Bruder Christoph riß seine Hände aus denen der Nachbarn und trabte als erster aus der Kirche, das heißt, er dachte, daß er der erste sei, aber der Pfarrer war noch schneller gewesen. Er empfing Bruder Christoph, ein hefenes Osterlämmlein in der Hand. Er hielt es ihm entgegen. Nein, Bruder Christoph wehrte ab. Nein, dies sei doch für die Kinder, er wolle verzichten! Aber der Pfarrer ließ ihn nicht ziehen ohne Lämmlein.
»Nehmen Sie es mit freudigem Herzen!« so hatte er gesagt. »Unsere Kindergartenkinder haben es gebacken. Beißen sie kräftig hinein!«
Da hatte Bruder Christoph auch noch hineinbeißen müssen, obgleich er doch Hefenes nicht mag, und vor allen Dingen kein von Kindergartenkindern gebackenes. Der Pfarrer hatte ihn dabei so lieb angeschaut, daß Bruder Christoph am Rande gewesen war. Er war aus dem Kirchenportal geschossen wie eine Rakete, das Osterlämmlein im Mund, die Osterkerze in der Tasche und eine Osterwut, eine gewaltige im Herzen.

Aber bitte keine Süßigkeiten!

Sagt Katharina und übergibt uns ihren ältesten Sohn, den fünfjährigen Justus.
»Mittags muß er etwas Warmes bekommen! Er ißt alles, besonders Pommes frites und Kartoffelpuffer. Salat und Gemüse mag er nicht so sehr, und mit Petersilie könnt ihr ihn jagen. Schokolade ist ihm natürlich am liebsten.«
»Das hat er von seinem Großvater geerbt«, werfe ich ein.
Katharina läßt ihren Blick über Manfred schweifen.
»Man sieht's«, sagt sie. »Aber das ist deine Sache, Manfred. Also, ihr beiden, seid so gut: Bitte keine Süßigkeiten!«
Wir nicken gehorsam. Manfred zerrt den Gurt fest über Justus' Bäuchlein. Dann fahren wir los. Katharina und Mathias winken uns nach. –

Da hatten wir uns nun ausgemalt, wie wir als Großeltern den Enkelsohn verwöhnen würden. Wollte er Schokolade essen, dann sollte er das tun. Wollte er fernsehen, wir wären mit von der Partie. Natürlich alles in Maßen! Ein Stück-

chen Schokolade, ein halbes Stündchen fernsehen. Aber die Sache hatte leider einen Haken. Das arglose Kerlchen plaudert zu Hause alles aus! Und so dumm sind wir auch nicht, daß wir ihn beschworen hätten und gesagt:
»Justus, Süßerle, du mußt zu Hause doch nicht alles erzählen! Schau, es ist nicht nötig, daß sie wissen, was wir so alles gemacht haben und gegessen...«
Die Versuchung ist groß, aber nicht übermächtig, denn wenn er je den Eltern berichten würde, was ihm die sauberen Großeltern vorgeschlagen haben, wie ständen wir dann da? Wiederbekommen würden wir ihn auch nicht. Darum beschließen wir, doch lieber auf dem Pfad der Tugend zu bleiben und die fehlende Schokolade auf irgendeine Weise zu überspielen. Wir schleppen also »Mikado« und »Fang den Hut« herbei, »Memory« und »Mensch ärgere dich nicht« und lassen Justus gewinnen.
Doch was gebührt dem Sieger?! Schokolade!
»Heute haben wir keine da, Justusle. Aber nachher macht dir Großmama Kartoffelpuffer! Na, was sagst du dazu?
»Pah!« ruft er. »Kartoffelpuffer für 'nen Supersieger?! Nö, Großmama, des geht net!«
Er hat recht! Betrübt sitzen wir in klarer Erkenntnis der armseligen Rolle, die wir spielen

müssen. Großeltern ohne Schokolade! Schrecklich! Justus macht sich an die Arbeit. Systematisch durchforscht er alle Stellen, wo wir irgendwann irgendetwas Süßes für ihn bereitgelegt hatten. Nichts, alles leer. Wir hatten vorher saubere Arbeit geleistet, wenn auch mit blutendem Herzen.

Der traurige Blick unseres Enkels fällt auf den Fernseher und bleibt dort hängen.

»No will i wenigschtens Fernsehn gucken!«

»Weißt was, Justus? Jetzt spielen wir »Schwarzer Peter«, und wer verliert kriegt eine schwarze Nase…«

»Pah, des will i net! Blöds Babyspiel! I will des »Wirtshaus im Spessa« sehn, des wo wir letztmal angfangen haben!«

»Nein, Justus, das geht leider nicht, weil du nämlich hinterher nicht hast schlafen können. Die Mama hat gesagt, du hast Angst gehabt.«

»Ja damals, da war ich noch klein und hab vülleicht Angst gehabt. Aber jetzt bin i groß!!« Pause. »Denn will i Winnetou sehen!«

»Nein, Justus, mit Winnetou ist es auch nichts!«

»Worum?«

»Weil du da auch nicht einschlafen konntest und Angst hattest!«

»Nö, Großmama, des schtimmt nicht, da hatt ich keine Angscht, da war i bloß traurig, weil der Winnetou sein Kind so rumtragen hat, und's war tot... Da hab i weine müsse!« Er schluchzt. »Jetzt bin i aber auch ganz arg traurig, weil ihr nämlich gar nichts für mich habt, örschtens keine Schokolade und zweitens kein Video! Da geh i doch am beschten glei wieder heim!«

»Das wird aber ein langer Marsch werden«, meint der Großpapa. »Drei Tage bist du da gut und gerne unterwegs.«

Justus seufzt tief, dann fängt er wieder an zu bohren.

»Habt ihr denn gar nichts, wo ich örschtens keine Angscht hab und zweitens schlafen kann?«

Ja, natürlich haben wir so etwas, wie konnten wir das vergessen!

Nils Holgerssohns Reise mit den Wildgänsen! Unendlich viele Folgen hatten wir davon aufgenommen im Gedanken an unsere Enkel.

So sitzen wir denn bald zu dritt vor dem Fernseher und freuen uns kindlich über jede langweilige Stelle.

»Na, da wird er schlafen können heute nacht!« flüstere ich Manfred zu. Justus sitzt zwischen uns, knabbert gnädig an einem Schinkenhörnchen herum und scheint glücklich zu sein; ab und zu wirft er einen gerührten Blick auf die

Großeltern, die so offensichtlich Spaß an dieser Geschichte haben.
»Örschtens ist es ja ziemlich langweilig«, vermeldet er, »aber zweitens ist es besser als nichts!«
Manfred bringt ihn abends wieder zu seinen Eltern.
»Na, war's schwierig mit ihm im Auto?« frage ich, als er wieder zurückkommt.
»Schwierig? Überhaupt nicht! Er war so lieb wie noch nie, spielte nicht am Radio herum, maulte nicht. Er war still und freundlich. Ich sage dir, es war direkt unheimlich. Weißt du, was ich glaube: Er dachte an diesen kleinen netten Nils Holgerssohn mit den Wildgänsen. Das ist eine rührende und lehrreiche Geschichte. Sie übt offenbar einen guten Einfluß auf ihn aus. Ja, und mit den Süßigkeiten... Mit scheint, die Sache ist ausgestanden. Endlich hat er gemerkt, daß es keinen Zweck hat und daß er bei uns auf Granit stößt. Man muß einfach konsequent sein! Katharina und Mathias werden aufatmen.« –

Am nächsten Tag machen wir Verwandtenbesuche und fahren weit über Land.
»Hast du auch was Süßes mitgenommen?« frage ich.

»Genug! Schon vorgestern habe ich alles gefüllt. Im Handschuhfach liegt eine große Tafel Schokolade, bei dir, in der Tasche an der Tür noch zwei weitere, und in der Ablage vorne ist noch mal was Gutes versteckt. Ich glaube, wir werden nicht verhungern...«

Ich schaue ins Handschuhfach – keine Schokolade. In der Ablage liegen nur Handschuhe, Kassetten und Papiertaschentücher. Auch in der Tasche an der Tür sind keine Süßigkeiten zu finden. Alles ist lodderleer. –

»Wenn du's schon vergessen hast, Manfred«, sage ich und bin zornig, »dann brauchst du nicht noch so großspurig zu tun!«

Er beteuert immer und immer wieder, daß es nicht mit rechten Dingen zugehe und daß er nicht wisse, was er davon halten solle.

Die Fahrt über Land wird nicht so schön und friedevoll, wie wir dachten. Wir schweigen vor uns hin und haben Lust auf ein Stückchen Schokolade.

Abends, wir sind grade heimgekommen, ruft Katharina an. »Meine Lieben«, sagt sie, und ihre Stimme läßt nichts Gutes vermuten. »Nun hatte ich euch doch extra gebeten, daß ihr ihm keine Schokolade gebt. Und was macht ihr? Ihr stopft ihm beide Hosentaschen voll! Drei Tafeln Schokolade! In seinem Rucksäckle war auch noch eine. Ist das ein Affront, oder wie darf ich das verstehen? Und ferngesehen hat er auch, eine Folge nach der andern! Wirklich ihr beiden, ihr seid schon eine Enttäuschung!«

»Dieser kleine Halunke!« sagt Manfred, nachdem er den Hörer aufgelegt hat. »Deshalb war er so widernatürlich brav auf der Heimfahrt. Ich dachte mir gleich, daß irgendetwas nicht stimmt, denn liebe Großmama: örschtens ist er ein Spitzbub und zweitens der goldigste Enkel der Welt!

Trau keinem Filou,
Und hätt er auch beide Augen zu.

Wilhelm Busch

Großmütterchen tut alles gern
Für Hänschen, ihren kleinen Herrn.

Wilhelm Busch

Noch eine Enkelgeschichte

Justus und sein Großvater kehren nach Hause zurück. Sie haben auf dem Plätzle Fußball gespielt und sind völlig erledigt. Justus hat natürlich gewonnen. Er berichtet, daß der Großpapa örschtens nicht schlecht spiele und daß zweitens er, der Justus, jetzt unbedingt ein Säftle trinken muß, weil er sonst auf der Stelle umfallen wird. – Nachdem er seinen Durst gestillt hat, ist ihm nach Geschichten zumute.

»Großmama«, sagt er und macht es sich auf dem Lehnstuhl bequem, »Großmama, erzähl mir, wie ich noch klein war!«

»Ja, was soll ich dir denn da erzählen?«

»Na irgendwas, wo ich nett war und Sachen gesagt hab. Fällt dir denn gar nichts ein, Großmama?«

Er hört gerne Geschichten aus seiner frühen Kindheit, wie er da so klein und dumm war und was er alles gesagt hat.

»Also Großmama, jetzt schtreng di mal an!«

Aber mit der Großmama geht es heute nicht recht voran. Er muß ihr schon etwas auf die Sprünge helfen.

»Damals, Großmama, weisch nimmer, wo du mir Eis geben hast, Schokoladeneis, na, was hab i da gesagt?«
Ah, ja, jetzt dämmert es der Großmama.
»Du hast gesagt, das ist mir zu kalt, Großmama! Das mußt du erst in den Mikro stellen!«
»Des musch du örscht in den Mikro stellen! Hah, hah! Gell Großmama, das war gut!«
Voller Stolz blickt Justus in die Runde. Solche Sachen hat er gesagt! Aber da gibt es ja noch mehr!
»Weiter, Großmama! Verzähl!«
»Was soll ich denn noch erzählen?«
»Na des, wo ich mich so schlecht binommen hab. Weisch nimmer?«
»Meinst du in der ›Krone‹, als du mich mit deinem Vater besucht hast?«
»Ja, des mein i! Großpapa, hörst du auch zu?«
»Natürlich«, sagt der. »Natürlich höre ich zu.«
»Dann mußt du örschtens die Zeitung weglegen und zweitens zu uns hinsitzen!«
Als Großpapa das getan hat, wendet Justus sich wieder mir zu.
»Jetz fang aber mal an, Großmama, da schläft mer ja ein!«
»Also gut. Wir saßen damals im Gasthaus, dein Vater, du und ich, und überlegten, was wir essen sollten. Der Kellner kam. Er bückte sich

zu dir hinunter und schwätzte drauflos. Ich dachte, er hört überhaupt nicht mehr auf: »Ja, was will denn unser klois Bule esse, will des vielleicht Pommesle? Noi? Au net mit Ketchup? Aber e klois Eisle mit nem Wäffele, gell du, des dädsch du möge. Und dann hat er dir über den Kopf gestrichen, was du ja eh nicht leiden kannst...«

Justus schüttelt sich. »Da hasch recht, Großmama, des kann i überhaupt nicht leiden. Und dann, sag doch, was hab ich dann gemacht.«

»Du hast gar nichts gemacht. Hast deinen Kopf hängen lassen und auf die Tischdecke geguckt.«

»Und gesagt? Großmama, hab i etwa nix gesagt?«

»Doch, du hast was gesagt, laut und deutlich. Es war sehr peinlich für uns.«

»Na was denn? Was hab i denn gesagt? Oh Großmama, jetzt erzähl's doch!«

»Du hast gesagt: ›Hau ab!!‹«

Justus strahlt und blickt stolz in die Runde.

»Großpapa, hasch des ghört? Hau ab! Na, was sagsch?«

Der Großpapa stochert in seiner Pfeife.

»Ja, ich hab's gehört«, sagt er dann, »und es gefällt mir eigentlich nicht so gut. Der Kellner war doch nett zu dir, warum knurrst du ihn an?«

Justus versinkt in Nachdenken.

»Örschtens«, beginnt er nach langer Pause, »örschtens hab ich das ja nicht zum Kellner gesagt!«
»Zu wem denn sonst?«
»Ja, hast du denn nicht zugehört, Großpapa? Zum Tischtuch natürlich! Und des derf mer! Zum Tischtuch wird mer ja wohl noch sagen dürfen: Hau ab! Und zweitens war i damals noch ein ganz kleiner Bub«, seine Stimme wird engelsgleich süß und ätherisch, »und konnt noch gar nicht richtig schwätzen. Nur zwei Worte hab i kennt: ›Hau ab!‹, und die hab i gsagt. Des muß mer verschtehn!«
»An dir ist ein Jurist verlorengegangen!« sagt der Großpapa und lacht. Auch Justus strahlt wieder auf.
»Ja, meinsch, Großpapa? Ein Jurischt?? Ist des war Tolles, so ähnlich wie Seeräuber?«
»Na ja«, sagt der Großpapa, »so'n bißchen schon...«

Schweizer Apfeltörtchen

Wir kommen am ersten Weihnachtsfeiertag zum Essen!« verkündet Mathias. »Damit die Tradition weitergepflegt wird und wir unsere Geschenke überreichen können. Du brauchst dir keine Mühe zu machen, Mutti! Koch irgendwas Kleines! Gans oder Pute!«
»Ja, und das Dessert übernehme ich«, sagt Katharina. Ich bring' was Gutes mit, vielleicht Schweizer Apfeltörtchen. Sie sind zwar unwahrscheinlich arbeitsintensiv, aber sie reißen alles heraus, das kann ich euch versichern!«
Als Katharina und Mathias am ersten Weihnachtsfeiertag anrücken, bin ich in der Küche bereits einem Nervenzusammenbruch nahe. Die erst so unmäßig dicke Gans hatte wahre Fettströme ausgeschwitzt und war dabei dünner und dünner geworden. In uralter Hausfrauenangst, es könnte vielleicht nicht reichen und meine Gäste säßen um den Tisch herum, hungrig an einem Knöchlein nagend, hatte ich noch ein Hähnchen dazu in die Bratröhre geschoben. Gans und Hahn besetzten den Backofen bis auf das letzte Plätzchen und wollten

dauernd umgestellt, begossen und gewendet werden. Ich war am Ende meiner Kraft und wußte nicht, wie ich zu allem hin auch noch Rotkraut und Kartoffelbrei fertigbringen sollte. In diesem kritischen Augenblick erscheinen Katharina und Mathias. Beide sind bis oben hin beladen mit Apfeltörtchen-Zubehör. Mathias läßt alle seine Utensilien auf den ohnehin schon vollen Küchentisch fallen und schaut mich vorwurfsvoll an.

»Katharina hat schrecklich lange für den Blätterteig gebraucht!« sagt er. »Er ist außerordentlich kompliziert ... und dann mußten wir noch die Förmchen kaufen.« Katharina wirft einen kurzen Blick in die Runde.

»In Hotelküchen sieht's manchmal noch schlimmer aus!« spricht sie. »Man darf einfach nicht reinschauen, sonst vergeht einem der Appetit. So, jetzt brauche ich ein freies Plätzchen, damit ich die Äpfel schälen kann. Man darf es nicht vorher tun, sonst werden sie braun. Gibst du mir eine Schürze und ein Messer und Zucker und ein paar gestiftelte Mandeln und Rosinen? Wo ist denn das Eis? Mathias, hast du kein Eis?«

»Woher soll ich es haben? Du hast zu mir gesagt, ich soll das alles hier ins Auto packen, und ich habe es hineingepackt. Daß du noch Eis brauchst, hast du nicht gesagt...«

»Reg dich bloß nicht auf, Mathias, es macht ja nichts! Du hast doch sicher Vanilleeis im Haus, Amei? Schau mal in der Gefriertruhe nach, Mathias!«

Mathias geht in die Speisekammer. Ich verbrenne mir die Finger an der Ganskachel. Katharina stößt einen Schrei aus.

»Na so was! Der ganze Backofen ist ja voll! Das haben wir vielleicht klug gemacht, wir beiden. Wo soll ich bitte meine Schweizer Apfeltörtchen backen?«

»Den ganzen Heiligabendnachmittag hat sie Blätterteig dafür gemacht!« Mathias ist aus der Speisekammer zurückgekehrt, seine Stimme klingt düster verhangen. »Ich glaube, Mutti, du hast in deinem Leben noch nie Blätterteig gemacht, solch eine Arbeit! Ihr habt übrigens nur Haselnußeis.«

Er probiert das Rotkraut.

»Himmel, ist das süß! Schmeck mal, Käthchen!« Er trägt einen tropfenden Löffel voll Rotkraut durch die Küche zu Katharina hinüber.

»Was meinst du, ist das die gute Schweizer Küche?«

Katharina probiert. »Gieß einen ordentlichen Schuß Essig rein!« rät sie.

Mathias begibt sich wieder zum Herd und rutscht dabei auf seinen Rotkrauttropfen aus.

»Mann, Mutti, hier bricht man sich ja alle Knochen! So was von rutschig! Da mußt du irgendwas Fettiges ausgegossen haben!«
Ich stöhne, und Katharina schaut von ihren Apfeltörtchen auf.
»Mach dir bloß keine Gedanken, Amei! Man kann nicht kochen und zu gleicher Zeit auf den Boden aufpassen. Man muß Prioritäten setzen! Alles in Ordnung, Mathias?«
»Vielleicht könntest du ins Wohnzimmer gehen, Mathias!« schlage ich vor und lasse kaltes Wasser über meine verbrannten Finger laufen. »Da sitzt nämlich schon dein Vater und Andreas und der Kantor. Sie trinken einen Aperitif und warten auf das Mittagessen...«
»Deine Stimme klingt richtig hysterisch, Mutti!« meint Mathias mit sanftem Tadel. »Was meinst du, wenn du den Blätterteig hättest machen müssen, na, da wärst du vielleicht ausgeflippt, dauernd übereinanderlegen und schichten und ausrollen und so...«
»Man kann ihn auch tiefgefroren kaufen!« sage ich.
Katharina läßt den Apfel sinken, den sie gerade geschält hat.
»Wenn ich Schweizer Apfeltörtchen backe, dann kaufe ich keinen tiefgefrorenen Blätterteig dazu, dann mache ich ihn selber!«

»Aber die Eier hast du nicht selber gelegt?«
Mit dieser Anfrage habe ich leider ein Eigentor geschossen. Katharina, die Kluge, weiß das auch und bleibt ganz ruhig.
»Im Blätterteig sind keine Eier!« sagt sie und lächelt freundlich. »Wußtest du das nicht? So, und jetzt muß die Gans raus, und meine Törtchen rein, sonst ist das ganze Dessert im Eimer...«
»Raus mit der Gans!« kommandiert Mathias. »Wo wir solche Hektik mit dem Blätterteig hatten!«
Nach einem Blick auf mein Gesicht verschwindet er aus der Küche.
»Meinst du nicht, Katharina, daß die Apfeltörtchen nach Gans schmecken werden?« frage ich meine Schwiegertochter.
»Und wenn schon«, antwortet diese. »Im Magen kommt ja doch alles zusammen!«
Das Festessen ist vorüber, die Gans verspeist, das Huhn auch. Katharina und Mathias befinden sich in der Küche, um die Apfeltörtchen mit Eis und Sahne zu verzieren.
Dann wird die Köstlichkeit serviert und sogleich verspeist.
Der Kantor bewältigt sein Törtchen in zwei Bissen, Andreas auch.
Mathias blickt vorwurfsvoll in die Runde.

»Schlingt nicht so!« murrt er. »Wenn ihr wüßtet, wie lange Katharina an dem Blätterteig geschafft hat!«
»Schweizer Apfeltörtchen sind etwas für Feinschmecker!« Aus Katharinas Stimme klingt sanfter Tadel. »Man muß sie auf der Zunge zergehen lassen.«
Andreas blickt hungrig um sich.
»Das hättest du uns früher sagen müssen! Gibt's noch eines?«
Katharina eilt davon. Ein zerbrochenes hat sie noch in der Küche. Sie kehrt zurück und bringt das letzte Apfeltörtchen.
»Hier, Andreas!« sagt sie mit süßer Stimme. »Stärke dich, denn nun gibt es was zu tun. Wie ich euch kenne«, und sie lächelt vom Schwiegervater zu Schwager und Ehemann hinüber und vergißt auch den Kantor nicht, »wie ich euch kenne, wollt ihr jetzt die Küche übernehmen. Das ist nett von euch! Komm, Amei, wir machen es uns gemütlich... Und vergeßt den Backofen nicht, Mathias!«

Und jedesmal spricht Knopp vergnüglich:
»Der Pfannekuchen ist vorzüglich!«

Wilhelm Busch

Die Autorin

Geboren am 6. Februar 1930 in Nowyo Tomysl (Polen), als drittes von sieben Pfarrerskindern. 1951 Beginn ihres Jura-Studiums. Verheiratet mit einem Theologen, Mutter von zwei Söhnen. Seit den frühen siebziger Jahren beschäftigt sie sich mit Wilhelm Busch.

Zahlreiche Buchveröffentlichungen, darunter »Pfarrerskinder, Müllers Vieh«, »Ich und du, Müllers Kuh«, »Und nach der Andacht Mohrenküsse«.